新潮文庫

お気に召すまま

シェイクスピア
福田恆存訳

目次

お気に召すまま

場所　オリヴァーの家、フレデリック公爵《こうしゃく》の館《やかた》、アーデンの森

人物

領地を追われた公爵
フレデリック　その弟、公爵領の簒奪者《さんだつしゃ》
アミアンズ、ジェイキス　追放された公爵に仕える貴族
ル・ボウ　フレデリックの廷臣
チャールズ　フレデリックのお抱え力士
オリヴァー、ジェイキス、オーランドー　騎士ローランド・デ・ボイスの息子
アダム、デニス　オリヴァーの召使

タッチストーン　道化
騎士オリヴァー・マーテクスト　牧師
コリン
シルヴィアス　羊飼
ウィリアム　オードリーに恋する田舎者
婚姻の神ハイメンに扮《ふん》する人物
ロザリンド　追放された公爵の娘
シーリア　フレデリックの娘
フィービー　羊飼女
オードリー　田舎娘
他に貴族、小姓、森役人、侍者など

〔第一幕第一場〕

1

オリヴァーの家に近い果樹園

オーランドーとアダム。

オーランドー　忘れもしないが、アダム、それはこういう事なのだ、死んだ父がこの俺に遺《のこ》してくれた金は、唯《ただ》の千クラウン、だが、お前も言うとおり、父の祝福を受けて家督を相続した兄は、俺を立派に養育するように命じられている、そこからなのだ、俺の不幸が始まるのは……すぐ上の兄のジェイキスは大学に行かせてもらう、成績も良いと大層な評判、それに引換え、この俺はこうして百姓の子並みにもっぱら家で躾《しつ》けを受けている、もっとはっきり言えば、何も躾けを受けていない、そうだろう、誰がこれを紳士のための躾けと言える、羊飼が羊を躾けるのとどこも違わないではないか？　うちの飼馬の方がまだしも大事にされている——旨《うま》い物を食って良い毛なみをしているばかりではない、色々な事を仕込まれている、そのためにわざわざ高い金を払って調教師を雇っているくらいだ、ところがこの俺はどうだ、肉親の弟であるというのに、兄の庇護《ひご》を何一つ受けていない、ただ体が大きくなって行くだけのこと、掃溜《はきだ》めのごみを食って生きているうちの牛だって、そのくらいの恩は受けているというものだ……兄はこうして俺に何一つたっぷりくれようとしないばかりか、俺が自然から授かった俺自身のものまで取上げてしまいたいらしい、作男たちと一緒に食事をさせ、弟としての当然の地位から締め出し、俺の高貴な素質を下等な躾けで台無しにしようと全力を尽している……そこなのだ、アダム、俺が堪えられないのは――それに、父の気性が、俺の中に流れているその血が、奴隷《どれい》にも等しいこんな扱いに対して謀反《むほん》を企て始めたのだ……もう我慢が出来ぬ、といって、どう切り抜けたらよいものか、名案は何も無いのだが。

オリヴァーが果樹園に入って来る。

アダム　あちらに旦那《だんな》様がお見えに、それ、お兄様が。

オーランドー　離れていてくれ、アダム、兄が俺に向ってどんなに罵《のの》り喚《わめ》くか、向うで聞いていてもらいたい。（アダム少し引きさがる）

オリヴァー　おい、どうしたのだ！　こんな所で何をしている？

オーランドー　別に何も、もともと何か出来るような教育は受けておりませんので。

オリヴァー　それなら、何をまごまご出来そこなっているのだ？
オーランドー　とんでもない、兄さんのお手伝いをして差上げているのですよ、神様のお造りになったもの、即《すなわ》ちこの碌《ろく》でなしの愚弟ですが、それを更に出来そこないにしてやろうというお仕事のお手伝いにと、それ、こうして何もせずにぶらぶらしているので。
オリヴァー　とんでもない奴《やつ》だ、もっとましな事をするがいい、さあ、暫《しばら》く消え失《う》せていろ。
オーランドー　豚の番をして、一緒に籾殻《もみがら》でも食っていろとおっしゃるのですか？　それ程にまで落ちぶれねばならぬとは、一体、私がどんなに大それた放蕩者《ほうとうもの》で、親譲りの財産を片端から食い潰《つぶ》したというのでしょう？
オリヴァー　おい、自分がどこに居るのか解《わか》っているのか？
オーランドー　よく存じております、兄上のお邸《やしき》の庭に。
オリヴァー　誰の前に居るのか解っているのか？
オーランドー　もちろん、私の前に居るお方が私を知っている以上によく……あなたは私の一番上の兄上です、で、二人とも同じ貴族の血筋を引いている以上、兄さんも私をあくまで貴族の弟と弁《わきま》えるべきです……世間の仕来《しきた》りから言って、兄さんは私の目上だという事になっている、先に生れたのですからね、が、同じくまさにその仕来りが私の血筋を認めぬ訳には行かない、たとえ私たちの間に兄弟が二十人いたとしても理窟《りくつ》は同じ、私も兄さんと同量の血を父上から貰《もら》い受けている訳です、なるほど、兄さんの方が先に生れて来ただけに、それだけ父上に近い事は確かで、それ相応の尊敬は払っているつもりですが。

オリヴァー　何を、この小僧め！（オーランドーを打つ）

オーランドー　何をなさる、兄さん、大人のすることではない。（オリヴァーの咽喉《のど》を摑《つか》む）

オリヴァー　俺の体に手をかけようというのか、このごろつきめが？

オーランドー　ごろつきではない、これでも騎士ローランド・デ・ボイスの末息子、騎士ローランドこそ私の父親だ、あれだけの人の子をごろつき呼ばわりする者こそ三倍もごろつきだ……兄でなかったら、この手を放さず咽喉を絞めあげ、二度とそんな事の言えぬようにこっちの手で舌を引抜いてやるのだが——あなたは天に向って唾《つば》を吐いたのだ。（アダムが進み出る）

アダム　まあ、まあ、お二人共お気を鎮《しず》めて。亡《な》きお父上様を憶《おも》い出してお仲直りをなさいまし。

オリヴァー （もがく）手を放せ、おい。

オーランドー だめだ、気が済むまで放すものか、さあ、よく聴くのだ……父上は遺言で、私に立派な教育を施すように兄さんにお命じになった筈《はず》だ、それを、あなたは作男同様に私を仕込み、紳士にふさわしい教養から私を卻《しりぞ》けて来た……が、今、私の胸の中では、父上の気性が激しく燃え上ろうとしている、もう我慢が出来ない、さあ、こうなったら、紳士にふさわしい教育を与えてもらいたい、父上が遺してくれた私の僅《わず》かな取り分を渡してもらおう——それで何とか出世の道を講じたいのだ。（オリヴァーを放す）

オリヴァー それでどうするつもりだ？ 使い果して乞食《こじき》でもするのか？ まあ、いい、中に這入《はい》れ、いつまでもお前などにかまけてはいられない、お前の望みは一部かなえてやろう。とにかく俺を一人にしてくれ。

オーランドー あなたを苦しめるのが私の本意ではない、私自身のためさえ計れれば、それでいいのだ。（去りかける）

オリヴァー さあ、行け、お前も一緒だ、老いぼれ犬め。

アダム 老いぼれ犬、それが私に下さる駄賃で？ いや、無理もない、このとおりすっかり歯を無くしてしまいましたからな、お前様にお仕え申しているうちに……お亡くなりになった大旦那様に神様のお恵みがありますように！　あのお方はそんな口のききようは一度もなさらなかった。（オーランドーとアダム退場）

オリヴァー　それで済むと思っているのか？　いい気になって俺を愚弄《ぐろう》しようなどと？　よし、その増上慢を叩《たた》き直してやる、千クラウンの金だってやるものか……おおい、デニス！

デニスが家の方から出て来る。

デニス　お呼びでございますか？

オリヴァー　公爵《こうしゃく》のお抱え力士でチャールズというのがいる、俺に話があると言ってここへ来なかったか？

デニス　はい、唯今門口に参り、是非お会い致したいと申しております。

オリヴァー　通してやれ……（デニス退場）よし、これは好都合だぞ……相撲はあすだからな。

デニスがチャールズを連れて戻って来る。

チャールズ　お早うございます。

オリヴァー　やあ、チャールズ、よく来てくれた……（挨拶《あいさつ》しあう）新しい主人を迎えた公爵邸から何か新しい知らせでも？

チャールズ　新しい話は何もございません、いずれも前々からの続きばかり、と申しますのは、前の公爵様が弟御の新しい公爵様に追い払われましたので、三、四人、前々から前の公爵様をお慕いしていた貴族の方々がみずから進んで追放の境涯に身を委《ゆだ》ねたとか、お蔭《かげ》で新しい公爵様のお手もとにその人たちの土地財産が転がりこんで来るという訳でして、公爵様には方々《かたがた》の流浪《るろう》の旅を喜んでお許しになったとの事にございます。

オリヴァー　で、公爵の娘ロザリンドも父親と一緒に追放されたのか？

チャールズ　いえ、いえ、新公爵の娘御、即ちロザリンド様のお従妹《いとこ》に当るお方は大のロザリンド様びいき――揺籃《ゆりかご》の頃からいつも一緒に育てられておいででして――あの人が行ってしまうなら私も附いて行く、一人取残されたら生きてはいないと、そうおっしゃっておいでだそうで……ロザリンド様は公爵の御館《おやかた》においでになり、叔父君のお慈《いつく》しみを実の娘御に劣らず十分受けておいででございます――あのお従姉妹《いとこ》同士は、それはもうこの世に稀《まれ》な程の仲好《よ》し同士でいらっしゃいます。

オリヴァー　前公爵はどこで暮すおつもりなのだ？

チャールズ　既にアーデンの森にお着きになり、御家来も大勢随《したが》っているとか、一行は森の中で、イギリスのロビン・フッドそのままの生活を送り、毎日、若い貴族たちが公を取巻き、何の煩《わずら》いも無く時を過している、その様はまるで昔の黄金時代そっくりだとの事でございます。
オリヴァー　お前はあす新公爵の御前で相撲をする事になっていたな？
チャールズ　仰《おお》せのとおりでございます、実は、それについてひとつお耳に入れておきたい事がありまして、こうしてお伺い致しましたので……密《ひそ》かに伝え聞いたところによりますと、御令弟のオーランドー様は御身分を隠して手前に一勝負お挑みになろうお心とか、が、手前もあすの試合には一身の名誉を賭《か》けております、脚の骨を折らずにお済ませになるだけでも精一杯の大仕事、御令弟はまだお若いし、お体附きも華奢《きゃしゃ》でいらっしゃる、日頃お世話になっておりますお方の御令弟を打負かすのはどうにも気乗りが致しませぬ、が、さりとて、あちらから仕掛けておいでになれば、手前にも体面がございます、どうしても打負かさぬ訳には参りませぬ、あなた様のおためを思うあまり、こうして一切をお知らせに参上した訳でございます、この上は御令弟の出場を思い留《とど》まらせて頂くか、さもなければ御令弟がどんな恥ずかしい目にお遭いになっても、つまりは御本人の自業自得《じごうじとく》、手前の本意ではございませんので、その事をとくと御承知おき頂くか、いずれかにお願いしとうございます。

オリヴァー　チャールズ、それ程までに俺のためを思ってくれるとは有難い、この恩は必ず返す……弟の意向は俺にも解っていたので、思い留まるよう遠廻しに働きかけてみたのだが、頑として聴き入れぬ……全くの話、チャールズ——あんな強情な若者は、このフランスのどこにもいまい、野心満々、人を見ればその才能を羨《うらや》み、すぐに真似《まね》たがる、その上、あろう事か、肉親のこの俺にまで許し難い陰謀を企《たくら》んでいる有様だ、そんな訳だから、お前の好きなようにしてくれ、指どころか首の骨でも何でもへし折ってもらいたいくらいだ……ただ、十分気を附けるに越した事はないぞ、あいつ、お前に聊《いささ》かでも恥を搔《か》かせられたり、十分面目を施しそこなったりしようものなら、何をしでかすか解らない男だ、毒を盛るか、卑劣な策を弄《ろう》して罠《わな》に落すか、搦手《からめて》戦法でお前の命を奪うまでしつこく附き纏《まと》うに決っているからな、いや、全くの話、(俺は涙が出る) あの若さであれ程の悪者は、ちょっとどこを探しても見附からぬだろう……これでも、弟だと思えばこそ控え目に喋《しゃべ》っているのだが、今ここで奴の在りのままを暴《さら》け出して見せたら、俺は恥ずかしさに顔を紅《あか》らめ目を泣き腫《は》らし、お前は愕然《がくぜん》として真っ青になるだろう。

チャールズ　こちらに伺って本当にようございました……あす御令弟が出場されたな

ら、目にもの見せて差上げましょう、五体揃《そろ》ってお帰しするような事は致しません、そんな事になりましたら、手前はもう二度と優勝争いには出ますまい、では、これでお暇を、御機嫌よろしゅう！

オリヴァー　いずれまた、チャールズ……（チャールズ退出する）さて、お次はうちのお調子者を煽《おだ》てておくとしよう、何とか早く片附けてしまいたいものだ、（なぜだか解らぬが）俺はあいつが誰よりも憎い……あいつは品が良い、学校へ行った事もないのに学がある、何事につけ考え方が立派で、不思議なくらい誰からも好かれる、ことに、あいつを一番よく知っているうちの者たちに慕われていて、それだけ俺が見下されるという有様だ、が、それももう長い事はない――あの力士が万事方を附けてくれる……後はただあいつを煽てて試合に出させるだけだ、早速その仕事にとりかかろう。（中に入る）

〔第一幕第二場〕

2

フレデリック公爵《こうしやく》邸近くの芝生

ロザリンドとシーリアが腰をおろしている。

シーリア　お願い、私の大好きなロザリンド、陽気になって。

ロザリンド　シーリア、これでも私、精一杯陽気に見せているのに、それをあなたはもっと陽気になれと言うの？　追放されたお父様の事をどうしたら忘れていられるのか、それを教えて下さらなければ、何か素晴らしい歓《よろこ》びを想《おも》い出せと言っても、それこそ無理というものよ。

シーリア　それで解《わか》った、あなたは私があなたを愛している程、心から私を愛していてはくれないのね、もし私の伯父様に当る追放されたあなたのお父様が、あなたの叔父の公爵の、私のお父様を追放なさったとしても、あなたがいつまでも一緒に居てくださるのなら、私はあなたのお父様を自分の父と思って愛するように心掛けるでしょう、だから、あなただって、もし私を愛する心が私のあなたを愛する心と同じくらい真実のものならば、やはりそうしなくてはならない筈《はず》だわ。

ロザリンド　そうね、では、今の吾《わ》が身の事は忘れて、あなたの身になって楽しむ事にしましょう。

シーリア　お父様の子供は私一人だけ、これから先も無いでしょう、だから、誓って言うけれど、もしお父様が亡《な》くなったら、あなたに家を継いでもらいます、お父様があなたのお父様から力ずくで奪ったものを私は愛情をこめてあなたにお返しするつもり……私の名誉にかけてお約束します、この誓いを破るような私なら、いっそ化物になってしまうがいい、だから、ね、私のやさしい薔薇《ばら》の精、大好きな私の薔薇、どうか陽気になって頂戴《ちょうだい》。

ロザリンド　では、これからは陽気にしましょう、そう、何か楽しい遊びを考え出すとして……そうね――恋はどうかしら？

シーリア　結構だわ、どうぞ、恋も遊びなら。でも、真底から恋をしては駄目、遊びにしても、赤い顔などせずに、あくまで清浄潔白のまま、いつでも後へ退《ひ》けるように、程々のものでなくては。

ロザリンド　それでは、何をして遊べばいいのかしら？

シーリア　じっと腰を落ち着けて、「運命」のお内儀《かみ》さんの鼻を明かして笑ってやりましょう、あの「運命」の紡《つむ》ぎ車をいったん停めさせて、これからは人間への運不運を公平に配るようにさせなくては。

ロザリンド　そう出来ればどんなにいいでしょう、あの人の贈物ときたら、いつもお門違いの所に届けられるのだもの、気前のいい、盲《めしい》の「運命」小母《おば》さん、ことに女に贈物を授ける段になると、間違いだらけ。
シーリア 本当にそう、美しく造ってもらった人は貞節には造られていないし、貞節に造ってもらえば、何とも不器量な出来上りになるし。
ロザリンド いいえ、そういう事は「運命」の仕事ではなくて、「自然」の仕事よ、「運命」はこの世の浮き沈みを司《つかさど》るもので、「自然」の顔かたちには無関係ですもの。

タッチストーンが近づいて来る。

シーリア そうかしら？ せっかく「自然」が美人を拵《こしら》えても、「運命」のために火の中に落されてしまう事だってあるでしょう？ 私たちが今、「自然」から頂戴した智慧《ちえ》でこうして「運命」をからかっていても、そら、御覧なさい、「運命」は阿呆《あほう》をよこして私たちの議論を邪魔しようとしているではありませんか？
ロザリンド 本当にね、さすがの「自然」もとても適《かな》わない、「運命」ときたら、「自然」の造った阿呆をよこして、「自然」の造った智慧の邪魔をするのですもの。
シーリア もしかしたら、これも「運命」の企みではなくて「自然」の仕業かも知れない、「自然」から授かった私たちの鈍い智慧では、こんな女神論など戦わせる柄ではないと見て取って、そういう私たちの智慧を磨く砥石《といし》にと、「自然」がこの阿呆を送ってよこしたのに違いない、阿呆の愚かさというものはいつでも智慧の砥石になってくれるのですもの……ところで、お利口さん！　何をうろうろしているの？
タッチストーン　お嬢様、お父様の所へおいでを。
シーリア　お前は間者になったのかい？
タッチストーン　いえ、とんでもない、吾が名誉にかけて申します、お嬢様を呼んで来いと仰《おお》せつかっただけの事でして。
ロザリンド　そんな誓言をどこで習ったの、お馬鹿《ばか》さん？
タッチストーン　さる騎士から教わりました、奴《やっこ》さん、吾が名誉にかけてこれは旨《うま》いパン・ケーキである、吾が名誉にかけてこの芥子《からし》はなっていない、などと誓言しておりました、が、それがしに言わせれば、断じてあのパン・ケーキはなっておらず、芥子の方が上出来だったと申上げたい、さりとて、その騎士の誓言があながち偽誓だったという訳でもございませんが。
シーリア　それをどう証明できるの、お前は大した物知りだというけれど？
ロザリンド　本当に、さあ、お前の智慧の見せどころよ。
タッチストーン　お二人共、ちょっと前へ、それから顎《あご》をさすって、あなた方の髯《ひげ》にかけてそれがしは悪党なりと断言なさい。

シーリア　私たちの髯にかけて（私たちにそれがあればの話だけれど）お前は悪党です。

タッチストーン　それがしの悪にかけて（吾輩《わがはい》にそれがあればの話だが）それなら、それがしはいかにも悪党、さて、そこです、お二人共、在りもしないものにかけて誓言なさいました、それならその誓言は決して偽りとは言えませぬ、例の騎士にしても同じ事、在りもしない奴さんの名誉にかけて誓った事だ、一向偽誓にはなりませぬ、かりに昔は名誉とやらを持っていたにしろ、「吾が名誉にかけて」を乱発して、問題のパン・ケーキと芥子にお目にかかるずっと前に、すっかり誓い果してしまったという訳ですな。

シーリア　ねえ、それは一体誰の事？

タッチストーン　（ロザリンドに）それ、お父様の老フレデリック様お気に入りの。

ロザリンド　お父様のお気に入りなら、それだけで結構立派な方です。もう結構！お父様の話はしないで――そう人をからかってばかりいると、今に鞭《むち》を貰《もら》いますよ。

タッチストーン　やれやれ情けない、賢いお方の愚かな行いを愚かな阿呆が賢く批評するのはならぬとおっしゃる。

シーリア　本当、お前の言うとおりよ、阿呆の持合せの少しばかりの智慧が口を封じられてからというもの、賢い人の少しばかりの愚かさが表立って現われるようになったもの……おや、ル・ボウさんの御入来だわ。

ル・ボウが急ぎ足で近づく。

ロザリンド 口に一杯新しい情報を銜《くわ》えてね。
シーリア それを私たちにあてがうつもり、親鳩《おやばと》が雛《ひな》に餌《えさ》をやるように。
ロザリンド すると私たちの胃袋は情報で一杯になるという訳ね。
シーリア お誂《あつら》え向きだわ、雛鳥の私たち、目方が殖《ふ》えればそれだけ売行きが良くなるのだもの。今日は、ル・ボウさん！ 何か面白い事でもあって？
ル・ボウ 麗《うるわ》しきお姫様方、唯今《ただいま》、それはそれは大した見ものでしたのに、惜しいことをなさいました。
シーリア 身重ですって？ 何カ月くらい？
ル・ボウ 何カ月？ はて、さて、どうお答え申上げたらよろしいものか？
ロザリンド 要は智慧任せ、運任せね。
タッチストーン （ル・ボウをからかって）それともいっそあなた任せ、星任せか。
シーリア 旨い、その調子、仕上げは十分。

タッチストーン　どう致しまして、手前、持前の品位を保ちません事には――

ロザリンド　なるほど、持前の厭味《いやみ》もふいになるという訳。

ル・ボウ　恐れ入ります、お嬢様方には敵《かな》いませぬ、手前がお知らせ致したかったのは、ほかでもない、なかなか面白い相撲の試合がございましたが、そのせっかくの機会をお嬢様方にはお逃しになりましたようで。

ロザリンド　見そこなっても話は聞ける、さあ、お話しなさいな。

ル・ボウ　事の始まりをお話し致しましょう、もしお気に入りましたならば、事の終りの方はこれからでも間に合いましょう――と申しますのも、一番の見どころは、まだこれから、それも、ほかでもない、ちょうどお二人が今おいでの、この場で一勝負戦わせにやって来るところなのでございます。

シーリア　さあ、その、もう済んでしまったという事の始まりはどうだったの？

ル・ボウ　まず、一人の老人が三人の息子を連れて参りまして――

シーリア　なんだか「昔、昔」のお噺話《とぎばなし》の始まりのよう。

ル・ボウ　三人の息子というのがいずれも立派な若者、体格といい、風采《ふうさい》といい、それはそれは大したものでして。

ロザリンド　首からお触れのびらを下げて、曰《いわ》く、「しかじかの次第、一同、心得おくべし」

ル・ボウ　一番年上の若者が公爵様のお抱え力士チャールズと取組みましたところ、たちまちチャールズに投げ飛ばされ、肋骨《あばら》を三本へし折り、あの分では到底助かる見込みはございません、二番目が出ましたが同じよう、三番目も見事にしてやられ……あちらで三人共、枕《まくら》を並べて伸びております、かわいそうに、父親の老人はおろおろ見るも哀れに歎《なげ》き悲しみ、見物人まで同情して貰い泣きしている始末でございます。

ロザリンド　まあ、かわいそうに！

タッチストーン　それにしても、見ものというのはどうなりましたので、お嬢様方が見そこなったとかいうやつは？

ル・ボウ　今お話し申したのがそれですよ。

タッチストーン　なるほどね、人はこうして一日一日と利口になるって訳だ。肋骨をへし折るのが御婦人方のいい見ものになるとは、今が初耳だ。

シーリア　私だってそうよ、本当に。

ロザリンド　でも、まだこの上誰か毀《こわ》れ楽器みたいに脇腹《わきばら》を破られたがっている人があるのかしら？　肋骨を折られたい人がまだほかに居るの？　どうしましょう、この試合を、見る、シーリア？

ル・ボウ　厭でも御覧になる事になりましょう、ここにおいでになる限りは、ここが試合場に決められております上、もう準備もすっかり出来ているのでございますから。

シーリア　本当に、向うから皆がやって来る……では、ここに居て見物することにしましょう。

トランペットの吹奏。公爵フレデリックが貴族たち、オーランドー、チャールズ、侍者たちを従えて芝生を横切り、相撲のためにしつらえられた一郭に近づく。

フレデリック　さあ、始めるがよい。いくら言ってきかせても聴き入れぬ以上、その逸《はや》り気《ぎ》がもとで危難を招いても自業自得《じごうじとく》というものだ。

ロザリンド　あれがその若者かしら？

ル・ボウ　はい、そのとおりにございます。

シーリア　まあ、あんなに若くて。でも、どことなく勝ちそうな様子ね。

フレデリック　おお、娘と姪《めい》か！　お前たち、そっと紛れ込んで、試合を見物しようという腹だな？

ロザリンド　はい、叔父上様、お許し頂けますなら。

フレデリック　あまり面白いものではなかろう、一方が強過ぎるのだ……挑戦者があまり若いので不憫《ふびん》に思い、何とか諦《あきら》めさせようとしたのだが、どうしても聴き入れぬ……どうだ、ひとつお前たちから話してみないか――決心を変えさせられるかどうか、口をきいてみてくれ。

シーリア　その人をこちらにお呼びして、ル・ボウさん。

フレデリック　うむ、そうしてくれ、私は引き退《さが》っていよう。(席に着く)

ル・ボウ　挑戦者はこちらへ、お姫様方のお呼びにございます。

オーランドー　(前へ出て) 心より謹んで御前に。

ロザリンド　あなたが力士のチャールズに試合をお申込みになったのですか？

オーランドー　(一礼して) いいえ、お姫様、あの男の方こそ相手かまわず勝負を挑んで参るのでございます。私はただ、ほかの人たちと同様、あの男相手に自分の若い力を試そうと存じて出場したまでの事にございます。

シーリア　でも、あなたの意気込みはお年の割に大胆過ぎます……あの男の力がどんなものか、そのむごたらしい証拠を今しがた御覧になった筈《はず》。御自分を御自分の目でしっかり見つめ、御自分の実力を冷静に判断なさったら、あなたのなさろうという冒険がどんなに危険であるかお解りになるでしょう、そして、もっと御自分にふさわしい事を試みようとなさる筈です……お願い、あなた御自身のためです、御自分の身の安全を考え、この企てはおやめになるように。

ロザリンド そうなさって下さいまし、だからといってあなたの評判に傷が附くこともないでしょう、私たちの頼みとして、この試合は中止にしてもらいます。

オーランドー どうか、憎い奴《やつ》だとお叱《しか》りになりませぬよう、いえ、たとえそうお思いになったとしても、かほど麗しく優れた御婦人方の御言葉を無にする以上、何事も身から出た錆《さび》と諦めましょう。しかし、その麗しい御目と優しいお志を試錬に赴く私の上にお注ぎ頂ければ何よりの仕合せと存じます、かりに私が敗れましても、何の事はない、前々より世に疎《うと》んじられていた男が一人恥を掻《か》くまでの事、万一殺されたとしても、吾から死にたがっていた人間が一人望みを遂げるだけの話、悲しんでくれる友達一人おりませぬ私、誰に迷惑を掛ける訳でもございませぬ、またどうせ裸一貫のこの身の上、世間に迷惑を及ぼす気遣いもございませぬ、この世の中に唯一人分の場を塞《ふさ》いでいるだけの男、その私がどけば、そこをもっとましな人が塞いでくれるかも知れませぬ。

ロザリンド 差上げられるものなら、私の僅かばかりの力をあなたに。

シーリア 私の力も、それに添えて。

ロザリンド では、お大事に……ああ、どうぞ、私の心配が杞憂《きゆう》でありますように！

シーリア　あなたのお志が適えられますように！
チャールズ　（呼びかける）さあ、掛って来い、どこに居るのだ、母なる大地に添寝してもらいたがっている青二才の伊達男《だておとこ》は？
オーランドー　待っていたぞ、だが、その男の願い事は、お前の言うほど大それたものではない。
フレデリック　よいか、勝負は一番きりだぞ。
チャールズ　御心配御無用、公爵《こうしゃく》様、二番勝負のお手数は決してお掛け致しませぬ、そもそも最初から手を出さぬようにとあれ程おとめになった御配慮の手前にも。
オーランドー　試合に勝って嘲笑《あざわら》うつもりなら、試合の前に嘲《あざけ》る要はない筈だ、まあ、いい、さあ、かかって来い。
ロザリンド　ハーキュリーズの力があなたのお身内に宿りますように！
シーリア　姿さえ見えなければ、そっと忍んで行ってあの大男の脚を引摑《ひっつか》んでやりたい。（相撲が始まる。二人は取組み、オーランドーが巧みに優位に立つ）
ロザリンド　見事！
シーリア　私の目から雷《いかずち》を放てるものなら、この辺でもう勝敗を決めてしまいたいのだけれど。（取組んだ二人は力を奮って戦い、左右に大揺れに揺れるが、やがてチャールズが

地面に投げ倒され、どっという歓声があがる）

フレデリック　（立ちあがって）それまで、それまで。

オーランドー　いいえ、まだこれでは、公爵様――十分力を出しきっておりませぬ。

フレデリック　お前はどうだ、チャールズ？

ル・ボウ　口がきけませんようで。

フレデリック　では、担《かつ》いで行け……（チャールズ、担ぎ去られる）名は何と言う？

オーランドー　オーランドーと申します、騎士ローランド・デ・ボイスの末子にございます。

フレデリック　誰かほかの男であったら！　お前の父親は世間から立派な人物と仰がれていた、が、私にはいつも敵だった、お前が別の血筋を引いた男であったなら、今の働きをもっと快く喜べたろうに、が、これで別れよう、実に勇ましい若者だ。父親が別の男であったらな。（フレデリック、ル・ボウ、及び他の貴族たち退場）

シーリア　私がお父様だったら、あんな仕打ちを見せるかしら？

オーランドー　俺は騎士ローランドの子たる事を何よりも誇りにしている、その名は断じて変えぬ、たとえフレデリックの養子になり、その跡を継げと言われても。

ロザリンド　お父様は騎士ローランドを自分の魂のように愛しておいでだった、そし

て世間の人も皆父と同じ思いでおりました。始めからあの若者がその息子と解《わか》ってい
たら、たとえ涙に訴えても、あんな無謀な事は止《や》めさせていただろう。
シーリア　さあ、ロザリンド、あの方の労をねぎらって、力を附けてあげましょう、
残酷で妬《ねた》み深い父のあの態度、この私には胸を刺される思いです……（二人は立ちあ
がってオーランドーに話しかける）唯今の御奮闘ぶり、本当にお見事でした。今の試合
であなたは約束以上の力を見せて下さった、それと同じように愛する人に対しても立
派に約束をお果しになるなら、あなたの奥様になる方はさぞお仕合せでしょう。
ロザリンド　（首から鎖を外して）これをお掛けになって下さいまし……もっと何かお
上げしたいのですが、運命に見放されております私の事ゆえ、これが精一杯の贈物
……行きましょうか、シーリア？　（後を向いて歩き去る）
シーリア　（随《したが》う）ええ、では、お元気で。
オーランドー　俺には言えないのか、「ありがとう」のたった一言が？　俺の堅固な
芯《しん》は見事に崩れ去り、こうして立っているのは、ただの木偶《でく》の坊、生気の抜けた材木
同然。
ロザリンド　あの人が呼び止めている、私は運の衰えと一緒にどうやら誇りまで無く
してしまったらしい――何の用か訊《たず》ねてみよう……（向き直って）お呼びになりまし

て？　先程の勝負、本当にお見事でした、あなたに薙《な》ぎ倒されたのは、あの力士だけではありません。（二人は見つめ合う）

シーリア　（ロザリンドの袖《そで》を引いて）もう行かない、ロザリンド？

ロザリンド　行くわ……では、御機嫌よう。（急ぎ去る、シーリアそのあとに続く）

オーランドー　どうしたのだ、胸が迫り舌が縛られたように動かぬ？　俺には一言も口がきけないのだ、あの人は物問いたげだったのに。

ル・ボウが戻って来る。

オーランドー　おお、哀れなオーランドー、お前こそ薙ぎ倒されてしまったではないか！　敵はチャールズか、いや、もっとかよわい者に征服されてしまったのだ。

ル・ボウ　実は、あなたに好意を抱けばこそ御忠告申上げるのですが、一刻も早くここをお発《た》ちになるのが賢明です……あなたのなさった事は確かに絶讃に値し、人々から真の喝采《かっさい》と敬愛の念を捷《か》ち得たとは申せ、今のところ公爵の御機嫌は必ずしも良くはない、あなたの御所行を悉《ことごと》く誤解しておいでです……公爵はもともと気紛れなお方――そのお人柄は私の口から申上げるより、むしろ御想像にお任せするにしくはございますまい。

オーランドー　御忠告ありがとう、ところで、ひとつお教え頂きたいのだが、今の試合に立合われた二人の姫のうち、どちらが公爵の御令嬢かを。

ル・ボウ　お人柄から申しますと、いずれもあの公爵の娘御とは申せませぬ、が、とにかく、小柄の方がお訊ねの姫。もう一人のお方は追放された公爵の娘御、領地を奪った叔父公爵に引留められ、その娘御のお相手役をさせられておいでの方です――お二人の間柄は、血で繫《つな》がった姉妹同士の情愛よりもなお強うございます……ところが、近頃、公爵にはあの優しい姪御に対して辛《つら》くお当りになる、それも正当な理由あっての事ではなく、ただ世間の人々があの姫の美徳を褒め称《たた》え、父公爵のお人柄を偲《しの》んで同情を寄せているという唯それだけの理由からにございます、いつか必ず、あの姫に対する公爵のお憎しみが急に堰《せき》を切って表に現われる時が参りましょう……では、御機嫌よう。いつの日か、もっと住み良い世の中となりました暁には、あなたともっと親しくお附合い願いたいものと思っております。

オーランドー　御恩は決して忘れませぬ、御機嫌よう……（ル・ボウ退場）これで一難去って又一難か、暴君の公爵の手を逃れて暴君の兄の手に戻るという訳か……それにしても、あのロザリンド、この世のものとも思えぬ素晴らしさだ！（思いに沈んで去る）

〔第一幕第三場〕

3

フレデリック公爵《こうしゃく》邸の一室

ロザリンドが壁に顔を向けて長椅子《いす》に横たわり、シーリアがその上に身をかがめている。

シーリア　まあ、どうしたの、ロザリンド……キューピッド、どうぞお手柔らかに！一言も口をきかない気？

ロザリンド　「犬を相手に語る口なし」よ。

シーリア　解《わか》っているわ、あなたの言葉は野良犬《のらいぬ》に投げてやるには勿体《もったい》な過ぎるもの、でも、私には少しくらい投げてくれても良い筈《はず》よ、さあ、はっきり訳を言って、吠《ほ》える私を黙らせて頂戴《ちょうだい》。

ロザリンド　そうしたら、万事休す、おたがいにこのまま身動き出来なくなってしまう、一人は訳を聴かされて唖になり、一人は訳の解らぬ気違いになってしまうもの。

シーリア　でも、そうして鬱《ふさ》ぎこんでいるのも、皆お父様の事を想《おも》ってなの？

ロザリンド　いいえ、それよりはむしろ私の子供の父となる人の事を想ってなの……

る日も！

シーリア　（立上る）ああ、どうしてこの世はこれ程にも茨《いばら》に満ちているのでしょう、来る日も来る日も！

ロザリンド　茨でなくて唯《ただ》の毬《いが》だわ、お祭の馬鹿騒《ばか》ぎにあなたに向って投げつけられた毬に過ぎない。よほど気を附けて人の踏み馴《な》らした径《みち》を歩くようにしないと、それが裾《すそ》にまで引掛かって来てよ。

シーリア　着る物に附いた毬なら振い落せる――でも、私のは心臓に突刺さっているのだもの。

ロザリンド　咳《せき》と一緒に吐き出してしまえばいい。

シーリア　咳をしただけであの人が駈《か》けつけて来てくれるものなら、験《ため》してみてもいいわ。

ロザリンド　しっかりして、さあ、その恋を力ずくで組み伏せてしまうのよ。

シーリア　それどころか、その恋が私よりも強い力士をひいきにしているのだもの。

ロザリンド　ああ、旨《うま》く行きますように！　そのうちきっと旨く行くでしょう、今はあなたの負けでも……でも、冗談は抜きにして真面目《まじめ》にお話ししましょう、一体どうなの、こんなに急に騎士ローランドの末息子に夢中になってしまうなどと、そんな事がありうるのかしら？

ロザリンド 私の父の公爵もあの方のお父上を心から敬愛しておいでだった。

シーリア だから、その息子をこうまで一途《いちず》に思い詰めなくてはならないというの？その論法で行くと、私はあの若者を憎まなくてはならない筈ね、私の父はあの方のお父上を心から憎んでいたのですもの、ところが、私はオーランドーをちっとも憎んでなどいないわ。

ロザリンド それはそうよ、お願い、あの人を憎まないで頂戴、私のために。

シーリア なぜ憎んではいけないの？ あの人、憎まれるだけの値打ちが十分あるでしょう？

ロザリンド 値打ちが十分あるなら好きになっても文句は言えない筈よ、だから、あなたも好きになってあげて、私が好きな人なのですもの……

扉が急に開いて、侍者や貴族たち、その後からフレデリックが入って来る。

ロザリンド あら、公爵がお見えに。

シーリア その目に怒りを湛《たた》えて。

フレデリック (戸口に立止り) 姫、吾身《わがみ》がかわいかったら、速刻この館《やかた》を立去るがよい。

ロザリンド　私の事ですの、叔父様？
フレデリック　そうだ、ロザリンド、きょうから十日の後、なおお前の姿がこの館から二十マイル以内の所に見出《みいだ》された場合、必ず命はないと思え。
ロザリンド　お願いにございます、この身にどのような咎《とが》がございましたのか、それを承って参りとう存じます、私は自分というものをよく知り、自分の欲する事についても十分な弁《わきま》えを持っておりますつもり、もし今の私が心乱れ、夢の中をさまよい歩いているのでない限り――事実、そのような事は決してございませぬ――叔父様、私はたとえ無意識のうちにもせよ、お心に背いた覚えは一度もございませぬ。
フレデリック　謀反人《むほんにん》は皆そう言う！　彼らの潔白が口から出まかせの言葉で証《あか》されるものなら、どんな謀反人も聖者のように純真潔白だという事になる、私はお前を信用してはいない、それだけで十分だ。
ロザリンド　でも、お疑いだけで私を謀反人にする事は出来ませぬ、何故《なにゆえ》そう思《おぼ》し召すのか、その点を承りとう存じます。
フレデリック　お前はお前の父親の娘だ、それで十分であろう。
ロザリンド　叔父様が父の領地をお取上げになった時にも、私は父の娘でございました、父を追放なさった時にもやはりそうでございました、謀反は遺伝するものではございませぬ、それが仮に近しい者から引継ぐものだとしましても、それでどうなるとおっしゃるのでしょう？　父はもともと謀反人などではございませぬ。ですから、叔父上様、どうか私をお見違えになりませぬよう、私が貧しいからといって、それがそのまま謀反に繋《つな》がるなどとお考えにならないで下さいまし。

シーリア　お父様、私の言う事もお聞き下さいまし。

フレデリック　解っている、シーリア、私はお前のためにと思ってこの女を引留めたのだ、そうでなければ、とうに父親と一緒にさすらいの旅に追いやっていただろう。

シーリア　引留めてくれとお願いした覚えはありませぬ、あれはお父様がみずから進んでなさった事、もちろん、せめてもの償いというお気持でもございました筈。あの頃、私はまだ若過ぎて、ロザリンドの値打ちを十分知ってはいなかった、でも、今では、はっきり解っています、もしこの人が謀反人だとおっしゃるなら、私だって謀反人です、私たち二人はいつも寝起きを共にし、学ぶのも一緒なら、遊ぶのも食べるのも一緒、どこへ行くにも、あのジューノーの二羽の白鳥のように、打揃《うちそろ》って片時も離れずに出歩いて来たのですもの。

フレデリック　これの狡《ずる》さはお前などには解らぬ、上辺はおとなしく無口で、じっとこらえる我慢強さ、それが世間の人の心を打ち、誰しもこれを不憫《ふびん》に思う……お前は愚かな奴だ——ロザリンドはお前の名声を横取りしている、この女が居なくなれば、お前の才気ももっと映え、お前の美徳も更に際立《きわだ》って見えて来る、解ったら、今は何も言うな。俺の言葉は不動だ、一度口を出た以上、もはや取消しは効かぬ——ロザリンドは追放する。

シーリア　同じ宣告を私にも、父上様、この人と一緒でなければ私は生きて行けません。

フレデリック　愚かな奴《やつ》だ……ロザリンド、仕度をしろ。命令の期限より長く留《とど》まっていたら、よいか、私の名誉と威厳にかけて断言する、もはや命はないものと思え。

(部屋を出る、貴族たち、随《したが》う)

シーリア　ああ、気の毒なロザリンド、一体どこへ行くつもり？　お父様を取換えない？　私の父はあなたに上げます、お願い、私よりも悲しんでは厭《いや》。

ロザリンド　あなたよりも悲しむ理由があるのだもの。

シーリア　いいえ、ある筈が無い。さあ、頼むから元気を出して、あなたには解らないの、公爵が追放したのはこの私、自分の娘だという事が？

ロザリンド　そんな事が！

シーリア　無い？　そう思う？　それなら、ロザリンド、あなたには愛情が欠けているのだわ、その愛のお蔭《かげ》であなたは私と一心同体だという事を教えられた筈なのに。私たちは引離されていいものなの？　別れ別れになっても構わないと言うの？　厭です！　お父様には別の世嗣《よつ》ぎを探させればいい……だから、一緒に考えましょう、どんな方法で逃げ出すか、どこへ行ったらよいか、何を持って行ったらよいかを、この不運を自分だけの肩に背負い込み、私を除《の》け者に、ひとり悲しみに堪え抜こうなどと、そんな考えを起しては厭、なぜって、私、天に賭《か》けて誓ってもいい、御覧なさい、私たちの歎《なげ》きに面を曇らせているあの大空に賭けて、あなたがどう言おうと、私はあなたに随《つ》いて行きます。

ロザリンド　まあ、私たちはどこへ行ったらいいの？

シーリア　伯父様を尋ねて、アーデンの森へ。

ロザリンド　ああ、それがどんなに危険な事か、かよわい女の身でそんな遠くまで旅をするなどと！　美貌《びぼう》は黄金よりも盗人を引寄せるものよ。

シーリア　私、粗末な卑《いや》しい身装《みな》りをして、顔には茶色の泥絵具を塗りつけておくつもり、あなたもそうすればいい、道中、悪者の目を眩《くら》ます事が出来るでしょう。

ロザリンド　それよりも、どうかしら、普通以上に背の高い私の事だから、そっくり男の身装りをしては？　腰には厳《いかめ》しい短剣を吊下《つりさ》げ、手には猪狩《いのししが》りの槍《やり》を携え、たとえ心にはどれほど女らしい恐れを秘めていようと、よそ目はあくまでも威勢よく凜《りん》として押し通すもの。
していればいい、男の人だって臆病者《おくびょうもの》はよくそんな風に見せかけて押し通すもの。

シーリア　何と呼んだらよいのかしら、男になったあなたを？

ロザリンド　いくらなりさがっても、せめてジョーヴの神に仕える小姓の名くらい欲しいから、ギャニミードと呼んで頂戴。でも、あなたの方はどうする？

シーリア　何か今の私の身の上に関《かか》わりのある名前がいい、もうシーリアはやめにして、これからはエイリイーナ、身寄りのない人という意味で。

ロザリンド　ところで、どう、シーリア、お父様の御殿からあの道化のお馬鹿さんをそっと連れ出しては？　結構、道中の慰めになると思うのだけれど？

シーリア　私と一緒ならこの世の涯《はて》まで附いて来るでしょう、その説得は私一人で大丈夫、任せて頂戴……さあ、早くしましょう、宝石やお金などを纏《まと》め、逃げ出すのに一番いい時刻と道筋とを確かめておきましょう、私が逃げたと解れば必ず追手が繰出される、それを撒《ま》く算段が何より必要ですもの……さあ、今から私たちは心安らかに自由の世界に旅立つの、追放の旅ではなくて。（二人退場）

〔第二幕第一場〕

4

アーデンの森

洞窟《どうくつ》の入口、枝を拡《ひろ》げた木が一本その前に立っている。亡命の公爵《こうしゃく》、アミアンズ、及び二、三の貴族が森役人風の身装《みな》りで洞窟から出て来る。

公爵　吾《わ》がさすらいの友であり兄弟である皆はどう考える、慣れてしまえば、こういう日々の暮しも、あの虚飾に彩《いろど》られた宮廷のそれよりは遥《はる》かに楽しいものではないか？　猜疑《さいぎ》に満ちた宮廷よりこの森の方がずっと危険が少ないとは思わぬか？　ここでこそ私たちはアダムの受けた罰を、四季の移り変りを身に沁《し》みて感じはしないだろうか？――氷の牙《きば》のように冷酷に肌を突き刺す真冬の風、それが私の肌に食い入るように吹き附け、遂《つい》には寒さで体が縮まる、その時、私は笑みを浮べて言うのだ、「これは廷臣たちの追従とは違う、これこそ在るがままの己れを痛切に思い知らせてくれる真心のこもった諫《いさ》めなのだ」と……失意、逆境ほど身のためになるものはない、それはあたかも蟾《ひ》蜍蛙《きがえる》のように醜く、毒を含んではいるが、頭の中には貴重な宝石を宿していくのだ、この森の私たちの生活は、俗界の喧噪《けんそう》を離れて、樹木に物言う舌を、せせらぐ小川に万巻の書を、路傍の石に神の教えを、そして森羅万象のうちに己れのためになる事を発見するのだ。私はこの生活を変えたいとはつゆ思わぬ。

アミアンズ　それこそ至福の御境涯と存じます、冷酷な運命にめげず、反《かえ》ってそれをかくも静謐《せいひつ》甘美な姿に変えておしまいになるのは。

公爵　さあ、鹿《しか》狩りに出掛けようではないか？　それにしても、心が痛む、あの斑毛《まだらげ》の愚かな獣共は、この都ならぬ荒地の都の生れながらの住民でありながら、己が領土の中であの丸々と肥えた臀《しり》を二股《ふたまた》の鏃《やじり》で射抜かれねばならぬのだ。

貴族の一　その事でございますが、実は、あの鬱《ふさ》ぎ屋のジェイキスがそれを痛く歎《なげ》きおります、公は鹿狩りをなさるという点で、公を追放した弟君よりも悪どい簒奪者《さんだつしゃ》だと悲憤慷慨《こうがい》致しておりました、きょう、アミアンズ卿《きょう》と私は、樫《かし》の木蔭《こかげ》に身を横たえているあの男の後にそっと忍び寄ったのでございます、それ、この森の横を滔々《とうとう》と流れる小川の上に押し被《かぶさ》るように古びた根を突き出している樫がございましょう、たまたまそこに狩人の矢を受けて傷を負った牡鹿《おじか》が群れから離れて唯《ただ》一頭、弱り果てた四肢を休めにやって参ったのでございます、その憐《あわ》れな獣のあげる呻《うめ》き声のすさまじさ、厚い皮が身悶《みもだ》えのために今にも張り裂けそう、丸い大粒の涙が一滴、一滴、罪のない鼻面を伝わり走るその哀れさ、こうしてその愚かな獣は、鬱ぎ屋のジェイキスにじっと見守られたまま、早瀬の淵《ふち》に立って、溢《あふ》れ出る涙でひたすら流れの水嵩《みずかさ》を増しておりました。

公爵　で、ジェイキスは何と言った？　奴《やつ》の事だ、その光景を前にして説教めいた事を言ったろう。

貴族の一　仰《おお》せのとおりにございます、次々に比喩《ひゆ》を羅列致しましてございます。まず、既に豊かな流れになおも涙を注ぎ込んでいる鹿を見て、こう申しました、「哀れな鹿よ、お前の遺《のこ》す遺産は世間の俗物共と同じだ、有り余る程持っている者になおも与えようというのだからな」と、続けて、その鹿が唯一頭孤立して仲間外れになっている事から、「さもありなん、落ちぶれれば、仲間と交わりを断つものだ」と、それから程なく、牧草をたらふく食べた暢気《のんき》な鹿の一群が跳び弾《は》ねながらその場を通りかかりましたが、瀕死《ひんし》の牡鹿には挨拶《あいさつ》一つせずに通り過ぎるのを見て、「ああ」とジェイキスは申しました、「さっさと行くがよい、肥えて脂《あぶら》ぎった町民共！　それが当世の御流儀さ、それなる哀れな破産者に目を掛けねばならぬ謂《いわ》れがどこにある？」このようにジェイキスは辛辣《しんらつ》に国を、都を、そして宮廷を、毒舌の鉾先《ほこさき》をもって突き刺し、それのみか、ほかでもない、この私共の暮し振りにまで毒づく有様、我々は皆簒奪者であり、暴君に過ぎぬ、いや、それどころか、獣共を自然に定められた居住地の中で脅し、殺しさえして憚《はばか》らぬではないか、と。

公爵　で、お前たちはあの男をそういう瞑想《めいそう》のうちに置去りにしたまま、ここへ戻って来たのか？

貴族の二　さようでございます、しきりに涙を流しながら、咽《むせ》び泣く牡鹿について何や彼《か》やと独り言を申しておりました。

公爵　そこへ案内を頼む、そういう鬱ぎの虫に襲われた時のあれと議論を戦わせるのが、俺には何より楽しい、そういう時に限ってあいつは潑剌《はつらつ》としているからな。

貴族の一　まっすぐあの男の所へ御案内申上げましょう。（一同退場）

5

〔第二幕 第二場〕

フレデリック公爵《こうしやく》邸の一室

フレデリック、貴族、及び侍者たち。

フレデリック　そんな事が一体ありうるか、誰一人娘たちの姿を見なかったなどと？

そんな筈《はず》は無い。誰かこの館《やかた》内の者が密《ひそ》かに通じて見逃しているに相違ない。

貴族の一　私の聞いた限り、姫君の姿を見かけたと申す者は一人もおりませぬ。お部屋つきの侍女たちも、姫君が床にお就きになるのは見ておりますが、早朝には寝床が藻《も》抜《ぬ》けの殻になっていたとの事にございます。

貴族の二　あのむさ苦しい道化め、日頃公をお笑わせ致しておりました奴《やつ》ですが、やはり行方が知れませぬ。姫君の小間使ヒスペリアの申出でによりますと、姫君とお従姉《いとこ》様のお話を密かに立聞き致しました由《よし》、お二人は、先頃あの筋骨逞《たくま》しいチャールズを打負かした若者の力倆《りきりょう》やら美点やらを、大層褒めちぎっておいでになったとか、お二人がいずこへ立去られたにせよ、必ずあの若者がお供しているに違いない、そうヒスペリアは信じておりますようで。

フレデリック　そいつの兄の所へ人を遣わし、その伊達男《だておとこ》をここへ引張って来い。本人が居《お》らねば、兄を連れて来い――何としても弟を探し出させてやるぞ、すぐに行け、捜索と聞込みの手は断じて緩めてはならぬ、逃げ出しおった愚かな娘共を必ず連れ戻すのだ。（一同退場）

〔第二幕第三場〕

6

オリヴァーの家に近い果樹園

オーランドーとアダムが出会う。

オーランドー　誰だ、そこへ来るのは？

アダム　おや！　若旦那《だんな》様では？　ああ、優しい旦那様、大事な旦那様、亡《な》くなったローランド様の形見の旦那様……こんな所で、一体何を？　何だってお前様は徳などを備えておいでなのか？　何だってお前様は人から好かれたりなさるのか？　何だってお前様は優しくて、強くて、その上勇気がおありなのか？　どうしてまた、あのような気違いじみた事をなさったのか、気紛れな公爵《こうしやく》様お抱えの大した力士を打負かしてしまうなどと？　お前様の大評判は御本人のお帰りよりとうに、早過ぎる程とうにこの家にも伝わっております。お前様はご存じないのでございますか、若旦那様、人によってはその御立派さが反って仇《あだ》になりますのに？　お前様がそれだ、お前様の徳はな、若旦那様、穢《けが》れのない尊い顔の蔭《かげ》でお前様を裏切る不忠者でございますぞ……

ああ、何という御時勢だ、立派な性質が、それを身に附けた本人の毒になる！

オーランドー　一体どうしたと言うのだ？

アダム　ああ、不仕合せなお方だ、戸の内に一歩も這入《はい》ってはなりませぬ、この屋根の下にはお前様のあらゆる徳を憎む敵が住んでおります……お兄様――いや、お兄様などと言うものではない――あのお子様、（いや、いや、お子様ではない、大旦那様のお子様とは呼びとうない）その人のお父様と言いかけたお方のお子様――それがあのお手柄話を伝え聞いて、今夜、いつもお寝《やす》みになる小屋をお前様もろとも焼き払おうという魂胆、万一それにしくじっても、別の手だてでお前様を殺そうというおつもりだ――御本人がおっしゃるのを確かにこの耳で立ち聞き致しました……あの方のこの悪企《わるだく》み……ここは人の住むべき場所ではございませぬ、この家は屠殺《とさつ》場だ、嫌な所だ、恐ろしい所だ、這入ってはなりませぬ。

オーランドー　それでは、アダム、どこへ行けと言うのだ？

アダム　どこでもいい、ここへさえいらっしゃらなければ。

オーランドー　では、どこへでも行って、乞食《こじき》をしろと言うのか？　それとも、大道で邪《よこしま》な剣を無謀に揮《ふる》う追剝《おいはぎ》ぎとなって力ずくで生きのびろと言うのか？　そんな事でもしない限り、どうすれば良いのか見当が附かぬ、でも、それだけはやりたくない、いくら出来てもな――そのくらいならいっその事、肉親でありながら非道の兄の憎しみにこの身を委《ゆだ》ねたほうがまだましだ。

アダム　いえ、それはなりませぬ、ここに五百クラウンございます、大旦那様にお仕えしてお手当をつましく溜《た》めた金、手足が利《き》かなくなって人からも見捨てられた老後の頼みの綱にと取って置いた金です。これを持っておいでなさいまし、烏《からす》にさえその食べ物を恵む、天佑神助《てんゆう》と申しますが、小雀《こすずめ》をも見殺しにはなさらぬ神様、どうぞこの年寄りをお労《いたわ》り下さいまし……（オーランドーに袋を渡す）ここに金があります、みんな差上げます。そしてお前様のお供をさせて下さいまし。これで、見掛けは老いぼれでも、どうして、どうして、丈夫で元気一杯でございます、と申しますのも、若い頃、血を煮えたぎらせる酒に手を附けた事もなく、身を持ち崩す道楽に臆面《おくめん》もなくうつつを抜かした事もなかったからでして。ですから、私のこれからは逞《たくま》しい冬とでも申すべきもの、霜はきついが、ごく順調、といったところでございましょうか、どうかお供をさせて下さいまし、若い者なみに働いて、なんなりとお役に立って御覧に入れます。

オーランドー　おお、ありがとう、お前を見ているとよく解《わか》る、昔はあった実直な奉公というものが、その頃は義務のために汗水たらしたという、報酬の事など考えもせずに！　お前は当世流には合わない人間だ、今では誰もが立身出世目当てにしか働かぬ、そのうえ一度目的を遂げてしまうと、その途端にもう奉公は止《や》めだ――お前はそうではない……だが、気の毒な爺《じい》や、お前は枯木に手入れをしているのだ、いくら苦労し、丹精しても、この木は花一つ咲かす事が出来ぬ。でも、気の向く儘《まま》に来るがよい、連れだって出かけよう、お前の若い頃に貯えた金を使い果さぬうちに、何か賤《いや》しくとも落ち着いた満足の出来る生活に腰を据える事が出来るだろう。

アダム　さ、旦那様、参りましょう、どこまでもお供致します、この息の続く限り、真心こめてお仕え致します。十七の時から、八十にもなろうというこの日まで、私はここに住んで参りました、が、それもきょう限り。十七なら立身出世を求めて世に出て行く者も多い年頃だ、だが、八十ではもう遅過ぎる。それでも、この爺やは、あくまでも主人に忠実な下僕として立派に死んでゆきたい、それが出来るなら、それに優《まさ》る報いはございませぬ。（二人、果樹園から出て行く）

〔第二幕 第四場〕

7

森の外れの空地

森番の身装《みな》りをしたロザリンド（ギャニミード）と羊飼女の身装りをしたシーリア（エイリイーナ）、タッチストーンと共に疲れた様子で出て来る、木蔭《こかげ》に身を投げ出す。

ロザリンド　ああ、ジュピター！　すっかり心の張りを無くしてしまいました！

タッチストーン　心などどうでも構いはしませんよ、この脚さえ疲れていなければね。

ロザリンド　私の胸は、この男装の手前など構ってはいられない、女らしく泣き叫びたいくらいです、でも、私はかよわい女性を励ましてあげねばならぬ役、男の上衣《うわぎ》と下穿《したばき》は女の引きずる長裳《ながも》の前では勇気凛々《りんりん》として見せねばならないのだから、さあ、エイリイーナ、勇気をお出し。

シーリア　御免なさい、でも、もう一足も歩けないの。

タッチストーン　こちらも担《かつ》ぐのは真平御免だ、担いでみたところで何の得にもなりはしないものな、どうせ財布には鐚《びた》一文這入《はい》っている訳ではなし。

ロザリンド　さあ、これがアーデンの森よ！

タッチストーン　さよう、今ぞ、吾《われ》、アーデンの森に在り、阿呆《あほう》の面目ここに在りか。うちにいた時には、もっとましな所に居たのだが、しかし、旅の空寝となればあまり贅沢《ぜいたく》は言えないね。

ロザリンド　そう、程々に満足しなければ、タッチストーン……

コリンとシルヴィアスが近づいて来る。

ロザリンド　御覧、誰かやって来る——若い男と年寄りが、何か大真面目《おおまじめ》に話しながら。

コリン　そんな事をするから、いつも相手に馬鹿《ばか》にされるのさ。

シルヴィアス　ああ、コリン、俺がどんなにあれを愛しているか解《わか》ってもらえたら！

コリン　少しは察しているさ、俺だって女に惚《ほ》れた事ぐらいあるからな。

シルヴィアス　いや、コリン、年寄りのお前に察しが附く筈《はず》は無い、たとえ若い頃、真夜中に枕《まくら》を抱えて溜息《ためいき》つくほど惚れた事があったとしてもだ、いいか、仮にお前さんが今の俺ほど熱烈に惚れた事があったとしてもだ——いや、誰もこれほど思い詰めた事は無いと思うがね——仮にそうだとしてもだ、お前さん、夢うつつの恋心に浮かされて、物笑いの種になるようなまねをどれだけしたと言うのだね？

コリン　何百回となくある、もうみんな忘れてしまったが。

シルヴィアス　ああ、それでは、やはり真底から惚れた事は無いのさ。恋ゆえ犯す気違い染《じ》みた行いというやつを、その一番些細《ささい》な事まで憶《おぼ》えているのでなければ、お前さん、女に惚れた事などありはしなかったのさ……こうして坐《すわ》って、それ、俺が今しているように、恋人を称《たた》える言葉で聴き手をうんざりさせた覚えがないと言うのなら、お前さん、女に惚れた事などありはしなかったのさ……人と話していて急に座を外して立去った覚えがないと言うのなら、それ、俺は今止《や》むに止まれぬ想《おも》いに駆られてまさにそうしようと思っているところだが、お前さん、女に惚れた事などありはしなかったのさ……おお、フィービ、フィービ、フィービ！（両手に顔を埋めて森の中に駈《か》け込む）

ロザリンド　ああ、かわいそうな羊飼！　お前の傷手《いたで》を探っているうちに、何という事だろう、私自身の傷口が見えてしまった。

タッチストーン　こちとらも同じだ、忘れもしない、ある女に惚れて夢中になり、剣を石に叩《たた》きつけてへし折って、やい、恋敵め、今夜俺のジェーン・スマイルの所へ忍び込んで来やがったら、これ、このとおり、と怒鳴ったものだ、それから、その娘の使う砧《きぬた》にも、皹《ひび》の入ったかわいらしい手で絞った牛の乳首にも接吻《せっぷん》したものだ、まだある、畠《はたけ》の豌豆《えんどう》をその娘に見立てて口説いた事があったっけ、その蔓《つる》から莢《さや》を二つ捥《も》ぎ取って、それを女に、いや、蔓に返し、泣きの涙で「これを俺だと想って肌身離さず」と掻《か》きくどいたものさ……まことの恋をする者は呆《あき》れた狂態を演じて恥じないが、この世の在りとあらゆるものはあすをも知れぬ定め、同様、恋の定めはあすをも知れぬ狂気にありという訳だ。

ロザリンド　旨《うま》い事を言う、自分でも気附いていないような。

タッチストーン　自分の頭の良い事など気にしてはいませんな、向う脛《ずね》を頭にぶっつけるまでは。

ロザリンド

　　かの牧童の　遣瀬《やるせ》なき

　思いは同じ　吾《わ》が胸の

タッチストーン　それがしも思いは同じ――もっとも、だいぶ気抜けしていますがね。

シーリア　お願い、あそこにいる人に訊《き》いてみて、お金を上げるから何か食べ物を貰《もら》えないかって、気が遠くなって今にも死にそう。

タッチストーン　おい、おい、こら、抜け作!

ロザリンド　お黙り、阿呆の癖に、お前の同類とは違いますよ。

コリン　誰だ、呼んだのは?

タッチストーン　お前さんよりはましな者たちだ。

コリン　そうでなかったら、よっぽど惨《みじ》めな連中だろうな。

ロザリンド　まあ、いい加減にして……やあ、今晩は。
コリン　今晩は、旦那《だんな》様、皆の衆もよろしく。
ロザリンド　実は頼みがあるのだ、心でなり金でなり、この荒地でもてなしが受けられるものなら、何とか体を休め、食物にありつきたいのだが、適当な場所に案内してもらいたい、この娘が長旅ですっかり疲れ果て、生きた空も無く救護の手を待っている有様なのだ。
コリン　お気の毒な事だ、それにつけても、吾が身のためよりその娘さんのために、何とかお助け出来る身分だと良かったのにな、実を申しますと、私は主人持ちの一介の羊飼でして、私が番をする羊共の毛さえ自由にはなりませぬ、主人は業《ごう》つくばりの男でして、天国へ行きたくないのか、他人様に深切を尽しっこない、それに、主人の小屋も、飼っている羊も、牧場も、何も彼も唯今《ただいま》売りに出されております、私共の羊小屋の方は、何分主人が留守なものですから、召し上れるような物は何もございませぬ、が、ともかくもいらして見て下さいまし、何かあるかもしれませぬ、心から皆様を歓迎致します。
ロザリンド　誰が御主人の羊と牧場を買い取る事になっているのかね？
コリン　先程、お目に止った筈《はず》の若者でございます、が、奴《やっこ》さん、今のところ物を買いたい気になどほとんどなっておりませぬ。

ロザリンド それなら、こう願いたい、もしそれで筋が通るものなら、小屋と牧場と羊をお前の手で買い取ってくれ、金は私たちが出す。

シーリア あなたのお給金も、もっと良くしてあげましょう、私、ここが気に入ったの、ここでなら楽しく日が送れそうだもの。

コリン 大丈夫、買えますとも……一緒にいらして下さいまし。条件などお聴き取りの上、その土地と、収入《みいり》と、こんな田舎暮しがお気に召しましたなら、私はお二人の忠実な羊飼となり、すぐにも皆様方のお金で一切を買い取って御覧に入れましょう。

（コリン退場、三人も後に続く）

〔第二幕 第五場〕

8

追放された公爵《こうしゃく》の洞窟《どうくつ》の前

アミアンズ、ジェイキス、その他が木の下に腰を下ろしている。

アミアンズ （歌う）

緑なす　森の木陰《こかげ》に
我と坐《ざ》し　楽しき歌を
鳥の音に　合わせ歌わん
人あらば
来《き》たれや　来れ　いざ　来れ
この敵《かたき》なく
仇《あだ》なき国に
仇なすは　ただ冬空の　寒きのみ

ジェイキス　もっと歌ってくれ、お願いだ、さあ、もっと。
アミアンズ　気が鬱《ふさ》ぐばかりだよ、ジェイキス。
ジェイキス　俺にはそれがありがたいのだ……さあ、もっと歌ってくれ。俺は鼬《いたち》が卵の中身を吸うように歌の中から鬱ぎの虫を吸い取るのだ……頼む、もっと歌ってくれ。
アミアンズ　俺の声は嗄《か》れている、とても気には入るまい。
ジェイキス　気に入るようにしてもらわなくてもいいのだ、ただ歌ってくれればそれでいい……さあ、もっとやってくれ、もう一聯《れん》、歌の一節の事を聯というのではなかったかね？

アミアンズ　何とでも好きなように呼ぶがよい、ジェイキス。
ジェイキス　いや、名前など知らなくてもよい、俺は別にそいつと貸し借りがある訳でもないからな……歌わないのか？
アミアンズ　仕方が無い、自分で楽しむためというよりは、君の熱望に応《こた》えて歌うとしよう。
ジェイキス　そうか、それなら一応礼を言っておこう、ただし、所謂《いわゆる》お愛想というやつは、狒々《ひひ》が二匹、道で出くわしたようなものさ、俺は人から丁寧に礼を言われるたびに、つい妙な気がして来る、唯の一文くれてやっただけで、こいつ、乞食《こじき》みたいにへいこら礼を言っていると……さあ、歌ってくれ、歌わない者は、皆、黙っていてもらおう。
アミアンズ　では、今のを終《しま》いまで歌って聴かせよう……その間にひとつ食卓の用意を頼む――公爵がこの木の下で一杯おやりになるのだ……そうそう、公は一日中君を探しておいでだったぞ。（一座のうちの数人が木の下に食事の仕度をする）
ジェイキス　こちらはまた一日中逃げていたのだ……公の議論好きと来たら、とても附き合えたものではない……俺だって理窟なら負けはせぬ、が、俺は天に感謝を捧《ささ》げるだけで、何も自慢げに吹聴《ふいちょう》はしないね……さあ、一囀《ひとさえず》り頼む。

一同「もろともにここで」を歌う。

名を棄《す》てて　浮世を遠く
野や山に　日々の糧《かて》をば
求めつつ　足るを喜ぶ
人あらば
来れや　来れ　いざ　来れ
この敵なく
仇なき国に
仇なすは　ただ冬空の　寒きのみ

ジェイキス　その節廻しに一つ俺の作った詩を乗せてもらおうか、きのう、俺の想像力に当て附けに編みだした現実的な詩だ。
アミアンズ　歌う方は引受けた。
ジェイキス　こういうのだ、
己れの馬鹿《ばか》を　知らないで
富を棄て　楽をも棄てて

意地を張り　いい気になってる
人あらば
ダックダーミ　ダックダーミ　ダックダーミ
この愚か者
群れなす国に
いざ　吾と　手をば握らん　いざ　来れ

アミアンズ　何だ、その「ダックダーミ」というのは？

ジェイキス　ギリシア語の呪文《じゅもん》さ、馬鹿共を呼び集めて、こんな人囲いを作らせる時に使うのだ……俺は一眠りするよ、もし眠れるものならな、眠れなければ、俺たちを追放したお偉方を片端から罵《ののし》ってやるだけの事だ。

アミアンズ　俺は公爵を探しに行くとしよう、酒盛の用意が出来ている。（一同は散り散りに去る）

〔第二幕　第六場〕

9

森の外れの空地

オーランドーとアダムが出て来る。

アダム　旦那《だんな》様、これ以上とても無理です、ああ、飢死にしそうだ……（倒れる）こうして横になったここを自分の墓地という事に……では、これでお暇を、旦那様。

オーランドー　おい、どうした、アダム！　元気を出さないか？　もう少し生きていてくれ、もう一頑張りだ、勇気を出して。この無気味な森に獣が一匹でも棲《す》んでいさえすれば、俺がその餌《え》食《じき》になるか、逆にそいつを引捕えてお前に食わせるか、二つに一つだ……死ぬなどと、気のせいだぞ、弱っているのは体力より気力だ……（アダムをそっと抱き起し、木の幹にもたれさせる）俺のためだと思って元気を出してくれ――もう暫《しばら》く頑張って死神を近附けるな、俺はすぐに戻って来る、何か食い物を持って帰らなかったら、その時には死んでもよい、だが、万一、俺の帰って来る前に事切れてしまったら、それこそ俺の骨折りを嘲弄《ちょうろう》するようなものだぞ……（アダム、かすかに微笑《ほほえ》む）よく笑ってくれた！　少しは元気が出たようだな、長くは待たせない……だが、待て、ここは吹晒《ふきさら》しだ……（アダムを両腕に抱える）どこか雨風の当らない所へ担《かつ》いで行ってやろう――この荒地に一匹でも生き物が棲んでいる限り、飢死にさせるような事は絶対にしないぞ……さあ、元気を出すのだ、アダム！　（アダムを抱いて退場）

〔第二幕 第七場〕

10

追放された公爵《こうしゃく》の洞窟《どうくつ》の前

果物と酒の用意が木の下に出来ており、公爵と数人の貴族が木にもたれている。

公爵 獣にでも姿を変えてしまったのか、あいつめ、人間の姿ではどこにも見当らぬ。

貴族の一 ほんの今しがたここから出て行きました、ここでは歌を聴いて、結構陽気にしておりましたが。

公爵 調子外れのあの男が音楽好きにでもなった日には、たちまち天界の音楽が調子を狂わせてしまうだろう、ひとつあの男を探して来てくれぬか、俺から話があると言ってな。

ジェイキスが笑い出しそうな顔をして木立の中を近づいて来るのが見える。すぐ後からアミアンズが随《つ》いて来る。アミアンズは食卓に近づくと、無言で公爵の隣に席を取る。

貴族の一 向うから来てくれたので手数が省けました。

公爵　これは、これは、ジェイキス！　それにしても、一体何という世の中だ、皆がお前の顔を見たがって大騒ぎをするなどとは？　どうした、えらく愉快そうではないか！

ジェイキス　（笑い出して）阿呆《あほう》、確かに阿呆だ！　今、森の中で阿呆に出会ったのでございます、斑服《まだらふく》を着た阿呆に――何と情けない世の中だ！　私が飯を食って生きているのが事実なら、阿呆に出会ったのも紛れもない事実、奴《やっこ》さん、ごろりと横になって日向《ひなた》ぼっこをしながら運命の女神をこっぴどく罵《ののし》っておりましたっけ、運命には好かれている筈《はず》の斑服の阿呆の癖して……「お早う、阿呆」と声をかけると、「よしてくれ、天が吾輩《わがはい》に幸運を授けるまでは阿呆などと呼ぶな」と来ました。それから、奴さん、やおら袋の中から日時計を取出し、どんより曇った目でそれを見ながら、いみじくもおっしゃったものだ、「今は十時である、かくの如《ごと》くして吾《われ》らは時の移り変りを知る、つい一時間前には九時であった、あと一時間たてば十一時になる、かようにに一時間また一時間と吾らは熟しに熟し、かつまた刻一刻と腐りに腐ってゆく――そこにこそ問題があるのだ」……斑服の阿呆がこんなふうに時間について説法するのを聴いて、私の肺臓は雄鶏が鬨《とき》を作るように唸《うな》り出しました、何しろ阿呆がこんなに深刻に瞑想《めいそう》するなどとは思いも寄らなかったからです、私はそこで笑ったの何の、全く止め度なし、奴《やつ》の日時計で一時間ばかり笑い通しでした……ああ、高貴なる阿呆よ！　尊敬すべき阿呆よ！　斑服こそまさに吾人の着るに値するものなり！

公爵　何者だ、その阿呆は？

ジェイキス　尊敬すべき阿呆にございます……元は宮廷に居たとか、若く麗《うるわ》しい御婦人ならそれが解《わか》ってもらえると申しておりました、奴さんの頭は、一航海終えた後の水夫用ビスケットそこのけに干《ひ》からびておりまして、その中に自分の見聞きした物珍しい話題をぎっしり詰め込んでおき、その切れ端を時々小出しにして見せるという訳でございます……ああ、俺も阿呆になりたい！　何としてでも斑の服を手に入れたいものだ。

公爵　一着、進呈しよう。

ジェイキス　御恩に着ます、私に着られるのはそれだけですから――ただし、時折、お考えのうちに窺《うかが》われます、私を賢者のお扱いは、この際、雑草よろしくお刈り取り頂きとう存じます……また、斑服も結構でございますが、ついでに自由を、風の如き自由の特権を頂戴《ちようだい》致し、好む相手にそれを気儘《きまま》に吹き附ける事をお許し下さいますよう、それこそ阿呆の持前、さて、そこで、私の譫言《たわごと》を誰よりも苦々しく思うお人こそ、誰よりもけらけらと笑って見せねばならぬという事になる、なぜでしょう？　理由は村の教会へ通ずる大道の如く明々白々、つまり、阿呆に急所を衝《つ》かれた者は、よしんばそこがひりひり痛もうが、そんな痛手は一向感じない振りをせぬ事には、それこそ阿呆中の阿呆という事になる、そうしませんと、賢いお人の愚かしさが阿呆の無闇《むやみ》やたらの攻撃で手もなく暴露されてしまいましょう……さあ、着せて頂きましょう、斑の服を、そして心のままに語る自由をお許し下さいまし、そうすれば、この疫病《えきびょう》に罹《かか》った世界の不純な肉体を徹底的に浄化して御覧に入れましょう、相手が私の薬を我慢して飲んで下さりさえすれば。

公爵　ふん、何を言う！　お前のしたい事は解っている。

ジェイキス　善い事のほか何のしたい事がございましょう！

公爵　最も悪どく醜い罪がある、人の罪を責めるという、そもそもお前自身、昔は肉欲そのもののように官能の楽しみに耽《ふけ》る放蕩者《ほうとうもの》だった、そのお前が、勝手気儘な放蕩で腫《は》れ上った傷や膿《うみ》の病毒を、今度は広い世間に向ってことごとく吐き散らそうというに過ぎぬ。

ジェイキス　しかし、たとえ世間一般の奢《おご》りを責めたからといって、特定の個人を攻撃した事にはなりますまい？　奢りの風潮は、大海のように膨れ上り、やがては奢れる者の財力が潮のように引き始める、そういう事が無いと誰に言えましょう？　また私が都会の女は身分不相応にも王女の着るような高価な衣裳《いしょう》を身に附けていると言ったとする、が、私が都会に住むどの女を特に名差しているのか、それは誰にも解りますまい？　一体、どの女が名乗りを挙げてそれは私の事だと申出て来ましょうか、その女のすぐ隣の家にも同じような女が住んでいるのに？　あるいは身分の賤《いや》しい男が、てっきり自分の事を言われたのだと早合点して、「俺の一張羅はお前に買ってもらった訳ではない」などと言い出すかもしれません、が、それこそ反ってこちらの言葉に乗って自分の愚かさを暴露してしまう事ではありませんか？　そこです！——これは結局どういう事になるのか？　結論はどうなるか？　さて、一体どの点で私の言葉が相手の名誉を傷附けたか、一つ考えてみましょう、もし私の言った事が先様の身に憶《おぼ》えのあるものなら、これ即《すなわ》ち身から出た錆《さび》、悪いのは御当人です、逆に、全く身に憶えのない事なら、何の事は無い、手前の非難は宙に舞う雁《かり》の如し、どこの誰にも当り障《さわ》りがないという事になります……誰だ、そこへ来たのは？

オーランドーが剣を抜いて一同の前に現われる。

オーランドー　待て、後は食うな。
ジェイキス　何を言う、まだ少しも食ってはいない。

オーランドー　それなら、なおさら、手を附けるな、まず飢えた者が食ってからにしろ。
ジェイキス　厚かましい奴、一体どこの馬の骨だ？
公爵　無礼にも程がある、よほど食うに困っての止《や》む無き振舞いか？　それとも、故意に礼儀作法を破って快しとする無法者か？
オーランドー　前のがまさに図星だ。いかんともなし難い困窮に追い詰められ、物柔らかな御体裁など構っている裕《ゆと》りが無かったのだ、そうは言うものの、僻地《へきち》に育ったのとは訳が違う、多少の教養は身に附けているつもりだ……おい、待てと言っているではないか、死にたくないなら、その果物に手を出す前に、俺の用件を片附けるのだ。
ジェイキス　（一把《つか》みの乾葡萄《ほしぶどう》を手に取って）葡萄もいかぬと無道な事を抜かすなら、こちらは死ぬよりほかに仕方はない。
公爵　どうしようと言うのだ？　力ずくより穏やかに出たほうが、こちらも穏やかに出られようものだが。
オーランドー　飢死にしそうなのだ、食う物が欲しい。
公爵　腰を下ろして食べるがよい、喜んで食卓を共にしよう。
オーランドー　そうまで優しく？　どうぞお許し頂きたい——この地ではすべてが未

開野蛮の有様と思い込み、つい居丈高《いたけだか》の振舞いに及びました。が、めったに人の寄りつかぬこの荒地で、うっとうしい木々の蔭《かげ》に、退屈な時の歩みを無為に遣《や》り過しておいでのあなた方がいかなる素姓の方であろうと、もしかつては仕合せな日々を送った事がおありなら、鐘の音が教会へと人々を誘う良き地に住んだ事がおありなら、善き人に招かれ、そのもてなしを受けた事がおありなら、そしてまた、目蓋《まぶた》の涙を拭《ぬぐ》った事がおありなら、人を憐《あわ》れみ、人に憐れまれる事がどういうものか憶えがおありなら、それなら、私も力ずくの無理押しはやめ、穏やかに振舞う事に致しましょう、願わくは御一同がそういう方々でありますように、この上はみずからを恥じ、剣を鞘《さや》に収めるばかりでございます。

公爵　確かに吾々はかつて仕合せな日々を送った事があり、聖なる鐘の音に誘われて教会へ行きもした、善き人に招かれ、そのもてなしを受けた事もある、聖なる憐れみに動かされ、目から涙を拭った事もある、それが解ってもらえたら、そこに穏やかに腰を下ろすがよい、そして私たちの手もとにある物で役に立つ物があったら、何なりと心のままに取れ。

オーランドー　いえ、それなら、せっかくのお振舞い、暫《しばら》く御遠慮申上げとうございます、実は牝鹿《めじか》ではありませぬが、仔鹿《こじか》を一頭呼んで参り、それに餌《えさ》を与えとうございます……哀れな年寄りが一人、ひたすら私のためを思い、長い道中、重い足を引きずるようにして附いて来てくれたのですが、この老いと飢えと二つの禍《わざわ》いに打ちひしがれた年寄りに食べさせてやるまでは、こちらが先に手を附ける訳には参りませぬ。

公爵　その男を呼んで来るがよい、吾々もお前が戻って来るまでは食い散らさずに待っている。

オーランドー　ありがとうございます、その御深切に神の祝福を！（退場）

公爵　見るがよい、不幸なのは吾々だけではない、この世の広大な舞台の上には、吾々が出ているこの場より遥《はる》かに悲惨な光景が繰り展《ひろ》げられているのだ。

ジェイキス　全世界が一つの舞台、そこでは男女を問わぬ、人間はすべて役者に過ぎない、それぞれ出があり、引込みあり、しかも一人一人が生涯に色々な役を演じ分けるのだ、その筋は全場七つの時代に分たれる……まず第一に幼年期、乳母の胸に抱かれて、ぴいぴい泣いたり、戻したり、お次がおむずかりの学童時代、鞄《かばん》をぶらさげ、朝日を顔に、蝸牛《かたつむり》そっくり、のろのろ、いやいや学校通い、その次は恋人時代、熔鉱炉《ようこうろ》よろしくの大溜息《ためいき》で、惚《ほ》れた女の目鼻称《たた》える小唄《こうた》作りに現《うつつ》を抜かす、そのお後が兵隊時代、怪しげな誓い文句の大廉売《おおやすう》り、豹《ひょう》のような髯《ひげ》を蓄え、名誉欲に取憑《とりつ》かれ、その上、無闇《むやみ》と喧嘩《けんか》早く、大砲の筒先向けられながら泡《あわ》の如き世間の思惑が気に掛って仕方が無いというやつ、その後に来るのが裁判官時代、丸々肥えた鶏をたらふく詰め込んだ太鼓腹に、目附きばかりが厳《いかめ》しく、髯《ひげ》は型通り刈込んで、もっともらしい格言や月並みの判例を並べたて、どうやら自分の役を演じおおす……六番目はいささか変って、突掛《つっか》け履いたひょろ長の耄碌《もうろく》時代、鼻には目鏡《めがね》、腰には巾着《きんちゃく》、大事に取っておいた若い頃の下穿《したばき》は、萎《しな》びた脛《すね》には大き過ぎ、男らしかった大声も今では子供の黄色い声に逆戻り、ぴいぴい、ひゅうひゅう震え戦《おのの》く……さて、最後の幕切れ、波瀾《はらん》に富める怪しの一代記に締括《しめくく》りを附けるのは、第二の幼年時代、つまり、全き忘却、歯無し、目無し、味無し、何も無し。

オーランドーがアダムを抱いて戻って来る。

公爵　待っていた……その大事な荷を降ろし、何でも食べさせてやるがよい。

オーランドー　この年寄りに代って厚く御礼を申上げます。

アダム　是非そうして下さいまし、自分でお礼を申述べる力も無い。

公爵　よく来てくれた、さあ、何でも食べてくれ、煩《わずら》わしい思いをさせたくない、暫く素姓は訊《たず》ねずにおこう、何か音楽をやってくれ、アミアンズ、お前は歌を歌え。

アミアンズ　（歌う）

吹けよ　吹け吹け　冬の風
なんのお前が　つれなかろう
　それより怖いは　恩知らず
お前の牙《きば》は　痛くない
見えぬお前は　怖くない
　鼻息荒く　吹こうとも
ヘイ　ホウ　ヘイ　ホウ　歌えや歌え　柊《ひいらぎ》に
友はいつわり　恋は大方　気の迷い
ヘイ　ホウ　ヘイ　ホウ　柊に
　田舎暮しの　楽しさよ

凍れよ　凍れ　冬の空
なんのお前が　冷たかろう
　それより冷たい　人もいる
水の面《おもて》は　縮んでも
お前の棘《とげ》は　痛くない

仲間忘れる　お前じゃない
ヘイ　ホウ　ヘイ　ホウ　歌えや歌え　柊に
友はいつわり　恋は大方　気の迷い
ヘイ　ホウ　ヘイ　ホウ　柊に
田舎暮しの楽しさよ

公爵　君がもし騎士ローランドの子息であるなら、いや、今みずから言ったその言葉に偽りはあるまい、その顔はまさにあの男の生写し、いささかも疑いの余地は無い、さあ、心から歓迎する、私はお前の父親をかわいがっていた公爵だ。詳しい身上話を聴かせてもらいたい、洞まで来てくれ……爺《じい》、お前も主《あるじ》同様歓迎するぞ、誰か、この男の腕を支えてやれ……さあ、手を、今日までの事、一部始終ゆっくり聴かせてもらおう。（一同、洞窟に入る）

11

〔第三幕第一場〕

フレデリック公爵《こうしゃく》邸の一室

フレデリック、貴族たち、及び数人の侍者に囲まれたオリヴァー登場。

フレデリック　あれ以来姿を見かけぬと？　そんな馬鹿《ばか》な事があり得るか、幸い俺の持前が寛大な方だからよいようなものの、さもなければ、逃げた相手を探し出して怨《うら》みを晴らすより先に、目の前の貴様を唯《ただ》では置くまい、とにかく抜かるな、草の根を分けても弟を見つけ出せ――火を燈《とも》しても探し出すのだ、死骸《しがい》でも生身でもよいから引張って来い、一年以内に捕えて来なければ、領内で暮す事は出来ぬものと思え……貴様の土地を始め、貴様が己れの財産と心得ている物はすべて、没収の値打ちのある限り、この手に収めておく、弟の口から貴様の身の証《あか》しが立つまではな。

オリヴァー　ああ、私の胸の内をお解《わか》り頂けたら！　弟を愛した事など、かつて一度もございません。

フレデリック　ますます不届きな奴《やつ》……者共、こいつを外に叩《たた》き出せ、係の役人を遣わして、奴の家屋敷、土地、一切を没収しろ、ただちに執行するのだ、こいつを追い払ってしまえ。（一同退場）

〔第三幕第二場〕

12

森の外れ、羊小屋に近い空地

オーランドーが紙片を持って登場、木の幹にそれを吊《つる》す。

オーランドー 吾《わ》が歌よ、吾が恋の証しに、そこにそうして懸っていてくれ、三つの冠を戴《いただ》く夜の女王ダイアナ、その蒼白《あおじろ》き天界より浄《きよ》らなる目もて見そなわし給《たま》え、そなたに随《つ》き従う狩り女、吾が命の支配者の名を……おお、ロザリンド！ この木々を吾が手帳と為《な》し、その肌に吾が想《おも》いを刻み記そう、この森に住むすべての人が、至る所でお前の淑徳の証しを見るように……走れ、走れ、オーランドー、立ち並ぶ木々の一つ一つに彫り刻め、麗《うるわ》しく穢《けが》れ無き、言葉もて語り尽せぬかのロザリンドの名を。

(通り過ぎる)

コリンとタッチストーンが出て来る。

コリン いかがです、この羊飼の暮し、お気に入りましたか、タッチストーンさん？

タッチストーン　いや、全く、羊飼殿、これはこれとして結構な暮しと言うべきだ、しかし、それがあくまで羊飼の暮しであるという点は一向面白くない。人附合いせずに済むのは大いに気に入った、だが、淋《さび》しいという点では、とても堪《たま》らない暮しだね。それに田園生活というのは実に楽しい、だが、宮廷の華やかさが無いという点では全く退屈きわまる。つましい暮しというのは、正直の話、俺の気性にぴったりだ、が、万事、在り余るという具合に行かないので、時々腹の方で音を上げるという訳さ。ところで、君には何か学問の素養がおありかね、羊飼殿？

コリン　大したものではありませんがね、言ってみれば、病気はひどくなればなる程、苦しくなる、金と力と満足を欠く者は三人の良き友を失えるが如《ごと》し、雨の役目は濡《ぬ》らす事で、火の役目は燃やす事、牧場が良ければ羊は肥える、夜の暗い最大の原因はお天道様が居ない事にある、生れながらにせよ修業によってにせよ、智慧《ちえ》が身に附かないとすれば、そいつはよほど躾《しつ》けが悪かったか、よほど間抜けの一族の血を引いているか、そのどちらかだ、まあ、この程度の事ならこれでも結構心得ているつもりですがね。

タッチストーン　そいつはまさに生得自然の学問というやつだ……宮仕えした事はあるのかね、羊飼殿？

コリン　いや、一度も。
タッチストーン　それでは、地獄堕《お》ちは必定。
コリン　とんでもない、今のところ、私は――
タッチストーン　駄目、駄目、地獄堕ちさ、片側だけ焼いた卵焼きと同じさ。
コリン　宮仕えの経験が無いからというだけで？　その訳は？
タッチストーン　答えるまでもない、宮仕えした事がないとなれば、良き作法というものを見た事は無い訳だ、良き礼儀作法を見た事が無いとなればだ、お前さんの行儀は悪いに決っている、悪いというのは罪という事だ、罪は地獄堕ちと相場が決っている……これは逃げ道は無いぞ、羊飼殿。
コリン　いや、とんでもない、タッチストーンさん。上《うえ》つ方《がた》の間ではいい行儀作法で通用するかもしれないが、田舎へ来れば物笑いの種、ちょうど田舎の仕来《しきた》りが上つ方にはおかしくて見られたものでないのと同じ事でね。さっきも聞いたが、あの人たちは挨拶《あいさつ》代りに相手の手に接吻《せっぷん》するってね、そんな作法は穢《きたな》かろうがね、もしあの人たちが羊飼だったら。
タッチストーン　おや、その訳は、さ、手短かに、その訳を。
コリン　なぜって、吾々羊飼連中は年中羊をいじっている、羊の皮という奴《やつ》は、御存じのとおり脂《あぶら》でねちねちしていますからね。

タッチストーン　へえ、というと、お前さん、上つ方の手は汗をかかないとでもいうのかい？　羊の脂だって人間の汗と同じくらい衛生的な筈《はず》だがね？　いや、浅はか、浅はか、もっとましな理由が聞きたいね、さあ、来た。

コリン　理由はまだある、羊飼の手はごつごつしていますよ。

タッチストーン　硬い方が早く唇に感じが来るというものさ。浅はかの上塗りだ、もっとしっかりした理由が欲しいね、さあ、来た。

コリン　まだある、羊の傷の手当をするので、しょっちゅうタールで手が汚れている、まさかタールを嘗《な》めっこしろとはおっしゃいますまい？　上つ方の手は麝香《じゃこう》を沁《し》みこませてあるものな。

タッチストーン　浅はかも極まれりだ！　上等肉に較《くら》べたら、お前さんは蛆虫《うじむし》の餌《えさ》といったところだ！　賢いお方の言う事をよく聞いて、とっくり考え直してみるのだな、そもそも麝香などという物はタールより下賤《げせん》の生れ、不潔きわまる、猫の糞《ふん》から作ったものだぜ。さあ、やり直した、羊飼殿。

コリン　宮廷仕込みのあんたの智慧には敵《かな》わない、もうやめにしましょう。

タッチストーン　やめてそのまま地獄堕ちという訳か？　神様、この浅はかな男をお助け下さいまし！　こいつに接木《つぎき》してやって下さいまし！　お前さんは野生の雑木といったところさ。

コリン　私は正真正銘の労働者でね。自分の食べる物は自分で稼ぐ、自分の着る物は自分で作る、人の恨みも買わなければ、人の仕合せを妬《ねた》みもせず、人の喜びは自分も喜び、吾が身の不運は甘んじて受ける、私の一番の自慢の種は、牝羊《めひつじ》が草を食べ、仔《こ》羊《ひつじ》が乳を吸うのを見る事なのだ。

タッチストーン　それがまたお前さんの愚かなところさ、罪深いところなのさ、牝羊と牡羊《おひつじ》をくっつけて、そのいちゃつきで暮しを立てようというのだからな――牡羊に牝を取り持ったり、一年子の牝を誑《たぶら》かして、とんでもないにも何にも、間男されの老いぼれの呆《ぼ》け羊に押しつけたりだ。これで地獄に堕ちないとしたら、悪魔の方で羊飼に恐れをなしているのだろう――そうとでも考えなければ、お前さんが助かるはずはないよ。

コリン　あそこに御主人のギャニミード様がお見えになった、例のエイリイーナ嬢様の兄《あに》さんだ。

ロザリンド登場、二人に気附かず、オーランドーが木に吊した紙を見、捥《も》ぎ取って読む。

ロザリンド
「東の果てより西のへり
類《たぐ》い稀《まれ》なる　ロザリンド
その名は高く風に乗り
天《あめ》が下《した》しる　ロザリンド
いかに妙《たえ》なる絵姿も
光失う　ロザリンド
他の顔《かんばせ》は忘るるとも
ただに偲《しの》ばん　ロザリンド」

タッチストーン　（道化師が持つ棒でロザリンドの腕を叩《たた》く）そんな韻の踏みようで詩と言えるなら八年もぶっとおしでやれますよ、昼飯、夕飯、寝る時間は別ですがね、バタ売り女よろしく、列を作ってぞろぞろ市場へ繰出すといった調子だ。

ロザリンド　消えうせろ、阿呆《あほう》！

タッチストーン　ちょっと見本を……
牡鹿が牝鹿を所望なら
探し出させろ　ロザリンド

牡猫《おすねこ》が仲間を欲しいなら
追いかけさせろ　ロザリンド
冬の衣にゃ裏が要り
痩《や》せてて同じの　ロザリンド
収穫《とりい》れするには束ねて縛り
ついでに車に　ロザリンド
甘い木の実にゃ渋い皮
そんな木の実が　ロザリンド
甘い香りの薔薇《ばら》の花
愛の棘《とげ》ある　ロザリンド

こういうのは歩調の狂った早駈《はやが》け節というのですよ。どうしてまたそんなものに気を取られるのです？

ロザリンド　うるさい、のろまの阿呆め！　木に懸っていたのだ。

タッチストーン　なるほど、また、つまらぬ実のなる木もあったものですな。

ロザリンド　その木にお前を接木して、その上に花梨《かりん》を接木してやろう、そうすれば、この国で一番下らぬ果物が出来上る、そうだろう、お前は半分も熟さぬうちに腐ってしまう、それこそ花梨の真骨頂、まさに脳足りんというところだ。

タッチストーン いや、お見事、ただし、見事当るか、見事外れるか、そいつはこの森にお見守り頂きましょう。

シーリア、同様に紙片を読みながら近づく。

ロザリンド 静かに！　妹だ、何か読んでいる。立ち聴きしてやろう。（三人は樹《き》の後ろに隠れる）

シーリア

「などてこの地のかくは荒れたる？
　絶えて人住まぬ故《ゆえ》か？　あらず
吾《われ》　物言う舌を木々に懸けて
　いとめでたき言の葉を示さん
あるいは曰《いわ》く　人の命の瞬時に尽きて
　長き旅路を走り去るがごとし
さしのべたる掌《てのひら》もて
　よくその全生涯を覆《おお》うと

あるいは曰く　友と友との真心の
　固き誓いも破るる事ありと
されど　いや麗しき枝々に
　はた　言の葉の終りごとに
吾は記さん　ロザリンドと
　読む人なべてに知らしめん
ありとある精霊の命籠《こも》れる
　小宇宙を造らんとせし神意をここに
見よ　神は造化に命じ給《たま》いき
　一人を選びてその身内《み》を充たすべし
世にあるなべての美徳もてと
　造化はただちに神意を受け
美女ヘレンの心を捨て　その艶《えん》なる頰を
　クレオパトラの荘厳《そうごん》を
アタランタの軽き足取りを
　痛ましきルークリースの貞節を……

かくてロザリンドに諸々《もろもろ》の美は集まりぬ
　天なる神々、力を協《あわ》せ給い
あまたの顔《かんばせ》　あまたの瞳《ひとみ》　あまたの心を因に
　絶妙の神技をこの世に示さんとなり……
かかる天与の資質を恵まれし女人
その僕《しもべ》としてこの身を生かし　かつ　死なしめ給え」

ロザリンド　おお、おやさしい説教師さん、実に退屈極まる恋のお説教、聴かされる信者は全くうんざりだ、おまけに、「皆さん、暫《しばら》く御清聴の程を！」とも言わないで。

シーリア　（驚いて振り向き、紙片を落す）まあ、ひどい、よくも裏切ったわね！　羊飼さん、ちょっとあっちへ行っていて……お前も一緒に、さ、早く。

タッチストーン　行こう、羊飼殿、名誉の退却だ――一物残さず背嚢《はいのう》にとまでは行かぬとしても、せめて紙裂《かみき》れ残さず懐中にと行こう。（紙片を拾いあげ、コリンと共に去る）

シーリア　今の詩、聴いていたの？

ロザリンド　ええ、すっかり、いいえ、それ以上、そうでしょう、あまり詩的で詩が死んでしまったくらいですもの。

シーリア　大丈夫、死んで、しまったと思ったら、また生き還《かえ》ればいい。

ロザリンド　でも、生き還ったら、死ではなくなる、だからいつまでも死んだ詩のままでいるよりほか手はなさそうね。
シーリア　そんな事より、あなた、不思議に思わなかった、あちこちこの辺の木にあなたの名を書いた札が懸っていたり、じかに彫り刻まれたりしていて？
ロザリンド　もう十分驚き済みなのよ、あなたが来るまでに。これを御覧なさい、棕《しゅ》櫚《ろ》の木に懸っていたの……私、ピタゴラスの時代以来、こんなに詩に謳《うた》われた覚えは無くてよ、あの頃、私は鼠《ねずみ》だったのかもしれない、アイルランドでは、詩で鼠を歌い殺すというもの。
シーリア　誰がこんな事をしたと思う？
ロザリンド　男かしら？
シーリア　ええ、前にあなたが附けていた鎖を首に懸けている人！　あら、顔色が変ったわね！
ロザリンド　お願い、誰の事？
シーリア　おお、神様！　仲良し同士がめでたく手を握り合うのは何と難しい事でしょう、でも、地震のために二つの山が一緒になることも無いとは言えません。
ロザリンド　それより、一体、誰なの？

シーリア　本当に解《わか》らないの？
ロザリンド　もちろんよ、心からのお願い、教えて、誰なの？
シーリア　ああ、驚いた、驚いた、こんなに驚いた事は無いくらい驚いた！　それでもまだ驚き足りない、それから先は、ただもう呆《あき》れて物も言えない！
ロザリンド　まあ、私ったら、赤くなったりして！　私が男の身装《みな》りをしているからと言って、心の中まで男仕立てになってしまったと思うの？　この上ちょっとでも手間取らせたら、私、南洋の探険旅行に出かけた人みたいに焦々《いらいら》して、もう我慢が出来ないわ……お願い、誰なのか早く教えて、さっと一口で言って頂戴《ちょうだい》、あなたが吃《ども》りだといい、そうすれば、細口の瓶《びん》からお酒が流れ出るように、あなたの口からその隠された男の名前が洩《も》れて出る、一度にどっと溢《あふ》れ出るか、それとも詰ってちょっとも出て来ないかもしれないけれど。さあ、お願い、その口の栓を抜いて、私に飲ませて頂戴、あなたの知っている事を。
シーリア　そうしてお腹《なか》の中に男を一人仕込もうという訳ね。
ロザリンド　その人、やっぱり神様のお造りになった人間なのでしょう？　どんな人なの？　その人の頭は帽子が良く似合う？　それとも、顎鬚《あごひげ》が似合って？
シーリア　いいえ、鬚はほんの少し生えているだけ。

ロザリンド　でも、神様がもっと生やして下さるわ、その人が感謝の気持さえ持っていれば。とにかく、鬚なら伸びるまで待ってもいい、その顎がどの顎かすぐに教えて下さるなら。

シーリア　あのオーランドー、力士の踵《かかと》とあなたの心臓と、両方一辺にあっという間にひっくり返した人よ。

ロザリンド　よして、冷やかしなら、悪魔にしてやればいい、真面目《まじめ》に女らしく話して頂戴。

シーリア　嘘《うそ》は言いません、ロザリンド、あの人なのよ。

ロザリンド　オーランドー？

シーリア　オーランドー。

ロザリンド　まあ、大変、どうしよう、この服と下穿《したばき》を？　あなたが会った時、あの方、何をしていらした？　何とおっしゃって？　どんな顔つきだった？　どんな身装りを？　こんな所で何をしていらっしゃるの？　私の事を訊《たず》ねなかった？　今どこにいらっしゃる？　どんな風に別れて来たの？　今度会うのはいつ？　さあ、答えて頂戴、一言で。

シーリア　まず大男のガーガンチュアの口でも借りて来て下さらなくては、そんな一言は今の人間の口にはとても大きすぎて無理というものよ。一つ一つに「はい」とか「いいえ」とか答え分けるだけでも、教義問答に答えるより難しい事だわ。

ロザリンド それより、あの方は御存じ、私がこの森に居て、男の身装りをしているという事を？　あの方の御様子は？　いつか試合をなさった日と同じくらいお元気？

シーリア 恋をしている者の問いに答えるのに較べたら、塵《ちり》や埃《ほこり》を数えるほうがまだ易しい、でも、私がどんな風にあの人を見つけたか、その話をちょっとお毒見させてあげるから、ありがたく承って味付けをなさい。あの人は木の下におりました、さながら木から落ちた団栗《どんぐり》のように。

ロザリンド なるほど樫《かし》の木はジョーヴの木と言われるだけの事はあるわ、そんな木の実を落してくれるのだから。

シーリア どうぞお耳を、お嬢様。

ロザリンド 続けて頂戴。

シーリア そこにあの人は長々と身を横たえておりました、さながら傷つける騎士のように。

ロザリンド そんな姿を見るのは痛ましい事だけれど、やはりその背景は地面でないといけないわ。

シーリア　「お黙り」ってその舌を叱《しか》っておやりなさい、とんでもない時に、飛び跳ねる舌だこと……あの人、狩人のような身装りをしておりました。
ロザリンド　まあ、不吉な！　私の心臓を射抜こうというのだわ。
シーリア　一々合《あい》の手など入れないで私に歌わせて——お蔭《かげ》ですっかり調子が狂ってしまった。
ロザリンド　私が女だという事を御存じないの？　心に思った事は口に出さずにいられるものですか……さあ、先を続けて。

オーランドーとジェイキスが木立を通り抜けて来るのが見える。

シーリア　手が附けられない……静かに！　あれを、あの人ではない？
ロザリンド　あの方だわ——隠れて、そっと見ていましょう。（シーリアとロザリンド、男たちの話の聞える木蔭に忍び入る）
ジェイキス　大層愉快でした——もっとも、正直のところ、一人にしておいてもらったほうがなお有難かった。
オーランドー　こちらも御同様、しかし、一応仕来《しきた》りどおりお礼を申上げましょう、お附合い頂き感謝致します。

ジェイキス　御機嫌よう、またお目に掛りましょう、出来る限り、たまにね。
オーランドー　今後とも精々赤の他人であるよう心掛けたいものです。
ジェイキス　まあ、木の皮に恋の歌など刻み込んで、これ以上、木を痛めないで頂きたい。
オーランドー　どうぞあなたも下手な読みようをしてせっかくの私の詩を台無しにしてしまわないで頂きたいものです。
ジェイキス　ロザリンドというのが恋人のお名前でしたな？
オーランドー　おっしゃるとおり。
ジェイキス　気に入らぬ名ですな。
オーランドー　あの人の名前を附ける時、別にあなたの御気に入るようにというつもりはなかったらしい。
ジェイキス　身の丈は？
オーランドー　ちょうど私の胸のあたり、思いの丈に届くくらい。
ジェイキス　なかなか気のきいた答えぶりだ、金細工屋《かざりや》のお内儀《かみ》さん連に附合いがあるらしい、それで指環《ゆびわ》の銘の丸暗記というところですな？
オーランドー　どう致しまして、もっとも、廉物《やすもの》の壁掛けによくある決り文句の域を出てはおりませんが、御質問の方もどうやらその辺に種がおありのようですので。

ジェイキス　なかなか当意即妙、大方あなたの頭は俊足アタランタの踵で出来ているのだろう……どうです、ここへ掛けませんか？　そして世間という名の吾らの女主人に向って大いに悪態をつき、お互いの惨《みじ》めな境涯の鬱憤《うっぷんばら》霽しでもやりましょう。

オーランドー　この世に生を享《う》けているものは、たとえ虫けらでも責めようとは思いません、私自身を除いて。自分の事となれば、確かに間違いだらけの人間ですからね。

ジェイキス　その間違いの最大なるものは、恋をしているという事だ。

オーランドー　その間違いだけは、あなたの最高の美徳とでも取換えたくはない……あなたのお相手はもうたくさんです。

ジェイキス　実を言うと、吾輩《わがはい》は阿呆を探していたのだ、そしたら、あなたにぶつかったという訳さ。

オーランドー　阿呆なら小川で溺《おぼ》れている——水の中を覗《のぞ》き込んで御覧なさい、見えるから。

ジェイキス　そこに見えるのは、吾輩の顔だけさ。

オーランドー　それがつまり阿呆、いや、泡《あわ》かもしれない。

ジェイキス　これ以上、あなたのお相手は御免蒙《こうむ》りたい。では御機嫌よう、恋のかた

まり殿。（一礼する）

オーランドー　お別れ出来て何よりの喜び、（返礼する）では、これにて、鬱《ふさ》ぎの虫様。

（ジェイキス去る）

ロザリンド　（シーリアに）私、小生意気なお小姓の振りをして話しかけ、あの方をかついでみよう。（呼びかける）もしもし、森番さん？

オーランドー　（振返って）はい、何か御用でも？

ロザリンド　お訊ねしますが、いま何時でしょうか？

オーランドー　朝か昼か、ただおよそのところをお訊ね下さい、森には時計がありませんのでね。

ロザリンド　すると、この森にはまことの恋に悩む者は一人も居ないという事になる、一分ごとに溜息《ためいき》をつき、一時間置きに呻《うめ》いていれば、それで時ののろまな歩みくらい、時計に劣らず十分測れる筈《はず》だもの。

オーランドー　なぜ時の速い歩みと言わないのです？　その方が適切な言い方と思うが？

ロザリンド　いや、そんな事はない、時の歩みは人によって色々違う……一つ教えてあげましょう、時という奴《やつ》、相手次第で誰には並足、誰には跑足《だくあし》、誰には早足、そして誰には完全停止と、よろしく使い分けるという事を。

オーランドー では、まず、跑足はどういう人間の場合でしょう？

ロザリンド 時が跑足で足掻《あが》きが取れぬのは、若い娘が婚約してからいざ式を挙げるその当日まで、それが唯《ただ》の七日としても、その隔たりは恐ろしく大きなものに見え、そこには七年の歳月が横たわっているような気がするものです。

オーランドー 並足は？

ロザリンド ラテン語を知らない坊さん、もしくは痛風を患《わずら》っていない金持の場合だ、一方は学問の仕様も無いので、気楽に眠ってばかりいる、片方は全然苦痛を感じないから愉快に暮す、つまり、労して益無き知識の重荷から解放されているか、あるいは堪えがたい貧の重荷というものに全く無知でいられるか……そういう手合には、時はゆっくり並足を使う。

オーランドー 早足は？

ロザリンド 絞首台へ引立てられて行く泥棒、どんなにゆっくり足を運ぼうが、当人にとっては、眼前にたちまち台が現われる。

オーランドー 完全停止というのは？

ロザリンド 休暇中の弁護士だ、裁判と裁判との間を眠って過すから、時の経《た》つのを感じない。

オーランドー　君はどこに住んでいるのですか？

ロザリンド　この羊飼娘と一緒に、僕の妹です、この森の裾《すそ》に、いわばその縁飾りになるあたりに。

オーランドー　生れたのもこの森で？

ロザリンド　それ、そこに居る兎《うさぎ》と同じ、生れついた所に住んでいます。

オーランドー　言葉に訛《なま》りが無い、こんな辺鄙《へんぴ》な所で仕入れたにしては。

ロザリンド　よくそう言われます、実をいうと、世捨人のような暮しをしている年取った叔父に言葉遣いを教えてもらったのです、叔父は若い頃、都の風に当った事もあります――宮仕えから女扱いまで万事心得ているのです、自分でも恋の覚えがあるものだから……僕もその道について色々訓誡《くんかい》を聴かされたものでした、お蔭で僕は神に感謝しています、自分が女でないという事を、もし女だったら、叔父が女に附き物の罪として非難した多くのはしたない欠点を背負い込んでいただろうから。

オーランドー　叔父さんが非難した女の悪徳というやつ、覚えているなら、主《おも》なのを何か一つ聴かせてくれないかな？

ロザリンド　別に主なという事はない、みな半ペニー銅貨のように似たり寄ったり、どれもこれも凄まじいものに見えるのですが、また別のが現われると、それがまた負けず劣らずの凄《すさ》まじさなのです。

オーランドー　そのうち幾つでもいい、是非御披露願いたいな。

ロザリンド　それは出来ない、僕の薬は病気に罹《かか》っている人にしか施せないのだ……

現にこの森にそれが一人うろついているらしい、「ロザリンド」とやたらに木の肌に彫り込んで若木を痛めつけて歩いている男が。山楂子《さんざし》の枝には恋の歌を懸け、野茨《のいばら》には悲しみの歌をという具合、おまけにどれもこれもロザリンドの名を神のように崇《あが》めている、こういう色気違いにうまく巡り会ったら、一つ良く効く処方箋《しょほうせん》を書いてやろうと思っているのです、その男、どうやら恋の毎日熱というやつに罹っているらしいので。

オーランドー　実はこの私です、その恋の瘧《おこ》りに取憑《とりつ》かれている男というのは。お願いだ、あなたの治療法というのを是非教えてもらいたい。

ロザリンド　叔父の言った恋の症状があなたには全く見当りませんね、叔父は恋をしている男の見分け方を教えてくれましたが、どう見てもあなたはあの恋の絆《きずな》、藺草《いぐさ》の籠《かご》に閉じ籠《こ》められているようには見えない。

オーランドー　で、その症状というのは一体どんな？

ロザリンド　まず、頬がこけ落ちる、が、あなたの頬はこけていない、目の縁は青黒く落ち窪《くぼ》む、が、あなたの目はそうではない、気が沈んで口をきく気もしない、これもあなたのものではない、鬚は伸び放題、が、あなたはそうではない……もっとも、これは大目に見る事にしましょう、その程度なら、末子の分際としてはまあまあというところですからね。それに、下穿はだらしなくずり下り、帽子の帯も取れたまま、袖《そで》のボタンは外れっぱなし、靴の紐《ひも》はほどけ、そのほか身のまわりの一切合財、投げやりのだらしなさ、が、あなたのどこにもそんな様子は無い、身装りはあくまで折目正しく、どこから見ても、誰かに夢中になっている男とは思えない、むしろ自分に夢中になっているのでしょう。

オーランドー　ああ、せめてあなたにだけは信じてもらいたい、私の想《おも》いを。

ロザリンド　私に信じろですって！　それよりは、あなたの愛している人に信じてもらうほうがまだ易しいでしょうよ、大丈夫、なかなか口には出さないでしょうが、内心早くも信じたがっているものだ、とかく女というものはそうして良心に嘘《うそ》の鎧《よろい》を着せたがるのでね……それはそれとして、なるほど、あなただったのですね、ロザリンドを褒めちぎった詩を木に吊《つる》して歩いたのは？

オーランドー　ロザリンドの白い手にかけて誓います、私なのだ、その不幸な男は。

ロザリンド　だが、本当に恋い焦《こ》がれているのですか、あの詩に歌っている程に？
オーランドー　詩であろうと、理であろうと、私の恋を表わせるものは無い。
ロザリンド　恋は狂気に過ぎない、だから、恋をしている人間は狂人と同様、暗い小屋に閉じ籠めて鞭《むち》をくれてやるに限る、もっとも実際は恋の病人にそんな荒療治を加える訳にも行かない、近頃この種の狂気が大はやりで、鞭をくれてやろうにも、その御当人までが恋患いにかかっている始末ですからね……でも、私はもっぱら助言というやつで治すことにしています。
オーランドー　それで誰か治した例がありますか？
ロザリンド　一人あります、こういう風にね。まず私を自分の恋人だと想像するように言ってやりました、そして毎日私を口説かせることにしたのです、こちらは何しろ気紛れ者、それに対してよろしく歎《なげ》いて見せたり、女らしく様子造ったり、時には移り気に、時には好きで好きでたまらぬように見せかけたり、そうかと思うとお高くとまって、謎《なぞ》めかしたり、小賢《こざか》しく軽薄に振舞ったり、いかにも不実な女に見せかけもするし、涙も笑いもたっぷり使い分け、およそありとあらゆる喜怒哀楽の情を御披露に及びはするが、そのいずれも真底からのものではない、その点、少年と女性は大抵似たり寄ったりその程度の性無しでしょう、好きになったかと思うともう嫌いになっている、今相手をちやほやしているかと思うと、途端に突慳貪《つっけんどん》になる、男を慕って涙を流したすぐその後で唾《つば》を吐きかける、という訳で、あの手この手で私は相手の気違いじみた恋の病いを、変じて不治の病いの気違いにしてしまいました――つまり、その男、憂《う》き世はもうこりごりと恐れをなし、人里離れた山奥に引籠《ひきこも》ってしまったのです……まあ、こんな具合にその男を治してやったのですが、この手であなたの肝臓も、ぴんぴんした羊の心臓のようにきれいさっぱり洗い立て、恋の染《し》みなど一点も残らぬようにしてお目にかけましょう。

オーランドー　いや、そうまでして治してもらいたくはない。

ロザリンド　いや、是非治してあげたい、ただ私をロザリンドと呼ぶ事にして、毎日私の小屋へいらして私を口説いてもらいさえすれば、それでいいのですから。

オーランドー　それでは、私の恋の真心に賭《か》けて、ともかくそうやってみましょう……その場所を教えて下さい。

ロザリンド　私に附いて来て下さい、御案内します、道々、あなたもこの森のどこに住んでいるのか教えて頂きましょう……さあ、どうです、御一緒に？

オーランドー　喜んでお供仕《つかまつ》りましょう、若き羊飼殿。

ロザリンド　いや、早速ロザリンドと呼んで下さらなければいけません……さあ、妹、

お前も一緒に行かないか？　（一同退場）

数日が経過する。

〔第三幕　第三場〕

13

羊小屋に近い空地（前に同じ）

タッチストーンと田舎娘オードリーが出て来る、ジェイキスが少し間を置いて附いて来る。

タッチストーン　早くおいで、オードリー。お前の山羊《やぎ》は俺が引張って来てやるよ、オードリー……おい、どうした、オードリー？　早くも吾輩《わがはい》に惚《ほ》れてしまったのかい？　この飾り気無しの風貌《ふうぼう》がお前さんのお気に召したのだね？

オードリー　あんたの風貌！　それ、どこに置いてあるの？

タッチストーン　俺がここにこうしてお前さんや山羊共と一緒に居るのは、言ってみれば、あの世界一の気紛れ詩人、清潔なるオヴィッドが蛮族ゴート人の仲間入りをしているようなものさ。

ジェイキス　（傍白）なかなか学がある、だが、いかにせん、容《い》れ物が悪い！　ジョーヴの神はむさ苦しい茅葺《かやぶき》の家に紛れ込んだというが、それよりまだ始末が悪い！

タッチストーン　せっかく書いた詩が人に解《わか》ってもらえなかったり、気のきいた頓智《とんち》が理解力あるおませな子供に受けとめられなかったり、これほど応《こた》える事は無いね、小部屋を宛《あ》てがわれて法外な宿銭を請求されるより恐ろしいよ……つくづく思うね、神々がお前さんを詩的な人間に仕立てておいて下されば良かったのにとな。

オードリー　私は知らないよ、「詩的」なんて言っても、それは、行いでも言葉でも慎み深い事なの？　見せかけだけではない、本当の事なのね？

タッチストーン　さにあらずだ、詩というやつは、本当の詩であればある程、偽りの拵《こしら》え物、で、恋をする者はとかくその詩にかぶれる、連中が詩の文章を使ってあれこれ誓いを立てるのは、言わば恋人として自分を偽っているようなものさ。

オードリー　それで、あなたは神々が私を詩的に仕立て上げて下されば良かったと思っているのね？

タッチストーン　そうだとも、なぜって、お前さんは口癖のように言う、私は身持ちの良い女よとね、そこだよ、もしお前さんが詩人だったら、それこそ自分を偽っているので、こちらは幾分望みが持てるという訳だ。

オードリー　私の身持ちが悪い方が良いと言うの？
タッチストーン　そうだとも、お前さんが醜女でない限りはね、そうだろう、器量佳《よ》しの上に身持ちまで良いと来た日には、砂糖に蜜《みつ》を掛けたるが如《ごと》しだ。
ジェイキス　(傍白) 隅に置けぬ阿呆《あほう》だ！
オードリー　でも、私は綺麗《きれい》ではない、だから、神様にお祈りして、せめて身持ちだけは正しくしておきたいの。
タッチストーン　全くだ、どだい、身持ちの良さを淫売《いんばい》の悪《わる》にくれてやるのは上肉を汚ない皿に盛るようなものさ。
オードリー　私は淫売ではない、神様のお蔭《かげ》で器量は大悪《わる》だけれど。
タッチストーン　然《しか》り、お前さんの器量を悪く拵え給《たま》いし神々こそ称《たた》うべきかな！　淫売の方はいずれそのうちにな……しかし、それはどうあれ、吾輩はお前さんと結婚したいのだ、今も、そのために隣村の坊さんで騎士のオリヴァー・マーテクスト殿の所へ行って来たところで、やがてここへやって来て、二人を結婚させてくれる事になっている。
ジェイキス　(傍白) その出会いを是非拝見したいものだ。
オードリー　どうぞ神々が私共に喜びをお与え下さいますように！

タッチストーン　アーメン……臆病者《おくびようもの》には尻込《しりご》みして出来ない事だろう、何しろ、ここには礼拝堂が無い、森ばかりだ、参会者も居《お》らず、角の生えた獣共ばかりだしな。だが、それがどうしたと言うのだ？　勇気を出せ！　角というのは、あまりいい気持がしないが、やはり必要欠くべからざる物でもある。よく言うじゃないか、「己が財もやがては尽くべきものと知らざる者多し」とね、然り、人に角あれど、やがてはそれにて突くべきものと知らざるもの多しさ。所詮《しよせん》、角は女房の持参金、亭主がみずから生やすものではない……角か？　まさにそのとおり。が、そいつは貧乏人だけの物かね？　どう致しまして、一番気高い鹿《しか》でさえ、碌《ろく》でなしの鹿に負けず劣らず見事な角を持っている……それなら、独り者は仕合せという事になるかね？　どっこい、城壁で囲まれた町の方が唯《ただ》の部落より値打ちが高いと同じ事、女房持ちのおでこの方が独り者の角無しおでこよりはずっと威があるというものだ、何か身を護《まも》る手立てのあるほうが無為無策よりよほどまし、同様、角もあるほうが無いよりよほど上出来というもの……

騎士オリヴァー・マーテクスト登場。

タッチストーン　それ、騎士オリヴァーの御入来だ……ようこそ、騎士オリヴァー・

マーテクスト殿。この木の下で早いところ片附けて頂けますか、それとも御一緒に礼拝堂まで出向きましょうか？

タッチストーン　嫁さんをくれる役をする者は誰も居ないのかな？

騎士オリヴァー・マーテクスト　こっちは何も貰《もら》う気はありませんよ、品物ではあるまいし。

騎士オリヴァー・マーテクスト　いや、嫁は遣《や》るもの貰うもの、その介添無しでは、結婚は法的に成立しないのだ。

ジェイキス　（帽子を脱ぎながら進み出る）さあ、続けたり、続けたり、俺が介添になってやろう。

タッチストーン　今晩は、どこやらの何とか様、御機嫌はいかがでいらっしゃいます？　良い所でお会いしました、いつぞやはどうも色々――お目にかかれて何より――実はちょっとさし迫った用事がございまして……まあ、お帽子をどうぞお冠りになって。

ジェイキス　女房を貰おうというのかね、斑《まだら》の君？

タッチストーン　牡牛《おうし》に軛《くびき》、馬に手綱、鷹狩《たかが》りの鷹には鈴が附き物、御同様、人間様には情欲と相場が決っております、まあ、鳩《はと》が嘴《くちばし》で突き合うようなもの、結婚といったところで、いわば囓《かじ》り合いごっこに過ぎますまい。

ジェイキス　しかし、お前さんのような由緒《ゆいしょ》ある人物が乞食《こじき》でもあるまいし、こんな藪《やぶ》の中で式を挙げてもいいものかな？　教会へ行って、そもそも結婚の何たるかを十分お前さんに説き聴かせてくれる立派な坊さんに頼んでみることだ——この先生はただ羽目板を継ぎ合せるように二人をくっつけるだけさ、そのうち、どちらか一方が縮んだ羽目板の正体現わし、生木みたいに反り返り、離れ離れになってしまうのが落ちだ。

タッチストーン　（傍白）吾輩としては何とかこの坊主《ぼうず》に式を挙げてもらいたいところだがな、この御仁なら、ちゃんとした結婚をさせてくれる資格はなさそうだ……ちゃんとした結婚でないとなれば、後で女房を棄《す》てる口実には持って来いというもの。

ジェイキス　さあ、一緒に行こう、相談相手になってやる。

タッチストーン　おいで、かわいいオードリー、やはりちゃんとした結婚をしなければいけない、さもないと、いつまでも馴合《なれあ》いの野合という訳だ……さらば、オリヴァー先生——（歌いながら踊る）

おお　いとしきはオリヴァー殿
おお　あっぱれのオリヴァー殿
この身を見棄て給うな

いや、実は――
　とっとと失《う》せろ
　さっさと失せろ
　お前に式は頼まない（踊りながら退場、ジェイキスとオードリーがそれに続く）
騎士オリヴァー・マーテクスト　何の、平気さ、あんな気紛れ連中が幾ら吾輩を馬鹿《ばか》にしようと、そんな事で商売の邪魔になるものか。（退場）

〔第三幕　第四場〕

14

ロザリンドとシーリアが小屋からの道を通って出て来る。ロザリンド、土手の上に身を横たえる。

ロザリンド　何も喋《しゃべ》らないで。私は泣きたいの。
シーリア　どうぞ、お泣きなさい――でも、念のために言っておくけれど、涙は男に似合わないものよ。
ロザリンド　でも、私には泣くだけの理由があるとは思わない？

シーリア　大ありですとも、さあ、お泣きなさい。
ロザリンド　あの方、髪の毛まで不実の色をしているのだもの。
シーリア　ユダの髪よりもっと黒茶色、それどころか、あの人の口附けは、ユダのそれのように不実のかたまりだわ。
ロザリンド　本当を言うと、あの方の髪はいい色をしていてよ。
シーリア　素晴らしい色だわ、つまり、髪の毛は栗《くり》色に限るという訳ね。
ロザリンド　あの方の口附けは聖餐《せいさん》のパンの舌ざわりのように清らかで神々《こうごう》しい。
シーリア　月の女神ダイアナの投げ棄てた唇を買って持っているのでしょう、真冬のように厳しい尼さんだって、あれほど謹厳な口附けはしない、あの人の唇にはまさしく氷のような貞潔がこもっている。
ロザリンド　それにしてもどうしたのだろう、朝のうちに来るという約束なのに、まだ姿を見せないのは？
シーリア　そら、やっぱり実意のない人なのだわ。
ロザリンド　そう思う？
シーリア　ええ、まさか掏摸《すり》や馬泥棒だとは思わないけれど、恋の真心という点では、あの人、蓋《ふた》附きの盃《さかずき》か、虫食いの胡桃《くるみ》同然、中身はがらんどうに違いない。

ロザリンド　本気に恋の出来ない人だと言うの？
シーリア　それは、恋したとなれば別――でも、あの人、恋をしているとは思えない。
ロザリンド　あなたも聞いたはずよ、あの方、恋していると誓ったわ。
シーリア　あの時「誓った」からといって今「誓う」とは限らない、それに、恋をしている男の誓言など、酒場の給仕のお愛想と同様、当てに出来るものですか、どちらも勘定を胡麻化《ごまか》して知らぬ顔で押し通すのだから。あの人はこの森であなたのお父様の公爵《こうしゃく》に仕えているのよ。
ロザリンド　公爵にはきのう会って、色々話合いました、家柄の事を聞かれたので、公爵様と同じくらいですと答えたの――すると父は笑って、やっと私を帰してくれたけれど……でも、父の話などしてどうなるの、オーランドーのような男の人が居るというのに？
シーリア　本当に素敵な男だ事！　素敵な詩を書く、素敵な言葉を喋る、素敵な誓いを立てる、その誓いを破るお手並も素敵だわ、はすかいに槍《やり》を構えて恋人の心臓を掠《かす》め取るところなど――そう、下手糞《へたくそ》な槍使いが馬の片腹にだけ拍車をくれて突っ走り、相手の楯《たて》でみじめに槍をへし折ってしまうようなものね、でも、若さが跨《また》り、愚かさが導くものなら、何でも素敵になる……誰でしょう、あれは？

コリンが近づいて二人に話しかける。

コリン 御嬢様に旦那様《だんな》、よくお訊《たず》ねの例の恋患《こいわずら》いの羊飼、それ、いつか私と草の上に腰を降ろしているのを御覧になりましたでしょう、高慢ちきの羊飼女に惚《ほ》れて何のかのと褒めそやしていたあの男でございますが。

シーリア で、その男がどうしたというの？

コリン すっかり思い詰めて青瓢箪《あおびょうたん》のその男と、そいつを馬鹿《ばか》にして、すっかりいい気の、頬まで真っ赤にのぼせあがった女と、御両人が演じて見せる野外劇、もし御覧になる気がお有りなら、ちょっとそこまでお運び下さいまし、御案内致します、もしその気がおありなら。

ロザリンド おお、よし、行こう。恋人同士の姿を見るのは恋する者には良い慰め、そこへ連れて行ってくれ、私もその芝居に一役買って、忙しく立廻る事になるだろう。

（一同退場）

〔第三幕 第五場〕

15

森の中の他の場所

フィービ登場、後からシルヴィアスが哀訴歎願《たんがん》しながら随《つ》いて来る。

シルヴィアス （跪《ひざまず》いて）いとしいフィービ、この俺を蔑《さげす》まないでおくれ、お願いだ、フィービ、愛していないならいないでいいから、そんなひどい言い方をしないでおくれ……始終、人の死ぬのに立会って、すっかり心が冷えきってしまった首斬役人《くびきり》でさえ、観念して差出した首に黙って斧《おの》を振下ろしはしない、その前に必ず許しを求めるという、血の雫《しずく》で暮しを立てているそんな男よりもっと冷酷に振舞いたいのか？

ロザリンド、シーリア、コリン、背後に忍び寄る。

フィービ あなたの首斬役人になどなりたくない。私は逃げているのよ、あなたを傷つけたくないと思って……私の目があなたを殺すですって――旨《うま》い事を言う、なるほどね、いかにもありそうな事だわ、塵《ちり》や埃《ほこり》にもびくびくしてすぐ扉を閉めてしまう、この柔らかくて頼り無い眼の球、確かに暴君の名に値する、屠殺師《とさつし》よ、人殺しよ！　それなら、ここで精一杯あなたを睨《にら》みつけてやる、この目に人を傷つける力があるかどうか、すぐにも試してみよう、さあ、今度はあなたの番、早速気絶して見せて頂戴《ちょうだい》、すぐその場に倒れて見せるのよ、それが出来ないくせに、恥知らずよ、本当に恥知らずだわ、嘘《うそ》もいい加減にするがいい、私の目が人を殺すだなんて！　さあ、見せて、私の目が与えた傷口を。針の先で引掻《ひっか》いても傷痕《きずあと》は残る、藺草《いぐさ》にちょっと凭《もた》れただけでも、その押し跡がすぐには掌《てのひら》から消えないでしょう、それが、こうして私の視線をまともにあなたにぶつけてみても、どこも傷など附きはしない、決っている、目に人を傷つける力などあるものですか。

シルヴィアス　おお、いとしいフィービ、もしも――いや、それが今すぐにも起らぬとは限らない――お前がどこかの美しい若者に出会って、恋の魔力というものを思い知らされたら、鋭く尖《とが》った恋の矢にどんな見えない痛手を蒙《こうむ》るか、厭《いや》でも解《わか》る時が来るのだ。

フィービ　でも、その時が来るまでは私の傍《そば》に来ないで欲しいわ、その時が来たら、せいぜいからかってもらいましょう、同情してくれなくても結構よ、私の方も、その時が来るまではあなたに同情などしないから。

ロザリンド　（進み出て）どうしてそんな事を言うのだ？　お前さんを生んだのは一体どんな女なのか、この哀れな男を辱《はずかし》めて、それでいい気になっていられるというのは？　どう見てもお前さんは美人とは言えない――正直の話、その御面相では蠟燭《ろうそく》無しの暗がりのままでもなければ、お寝間に推参致しかねる――だからといって、高慢ちきで情け知らずにならねばならぬ理由はあるまい？　おい、どうしたというのだ？　どうしてそう僕の顔を見つめるのだ？　僕の目には、お前さんなど自然の工場が造った出来合いの品物でしかない！　助けてくれ、この女、どうやら僕の目まで罠《わな》に掛けようという腹らしい、それは無理な注文だ、高慢ちきのお嬢さん、まあ、諦《あきら》めてもらおう。その墨のような眉《まゆ》、黒い絹のような髪、硝子玉《ガラスだま》の眼、クリーム色の頰、それくらいのもので僕の心が飼い馴《な》らせるものか……羊飼、お前さんもとんだ阿呆《あほう》だ、なぜこんな女の臀《しり》を追い廻すのだ、霧を含んだ南風よろしく、ふうふう溜息《ためいき》をつき、雨のようにはらはら涙を流して？　この女よりお前さんの方が千倍もましな顔をしているのだよ、全くお前さんのような阿呆のお蔭《かげ》さ、この世に不器量な子供がぞろぞろ生れて来るのは、あながち鏡のせいではない、お前さんのせいだよ、この女がいい気になってのぼせあがるのも、この女はお前さんの目で自分を眺め、在りのままの御面相以上に器量よしだと思い込んでしまうのだ……とにかく、お嬢さん、身の程を弁《わきま》えなくてはいけない——さあ、跪いて、断食《だんじき》でもして天に感謝するのだ、深切な男に惚《ほ》れられた事を、（フィービはロザリンドに向って跪く）いいかね、友達甲斐《がい》に内証で言って聴かせるが、物は売れる時に売っておくがいい——お前さんはどこへ出そうが捌《さば》けるという品物ではない、さあ、この男に許しを乞《こ》い、自分の心を捧《ささ》げ、相手の申込みを受けるのだ。醜い上にも醜い事は、醜いくせに人を小馬鹿《こばか》にする事だ……さあ、羊飼、この女を妻に迎えるがいい……では、御機嫌よう。

フィービ　ああ、素晴らしいお方、お願い、一年中叱《しか》っていて。あなたの小言の方がこの男の口説き文句より、ずっと耳に楽しく響く。

ロザリンド　（フィービに）この男はお前さんの不器量に惚れ込んで、（シルヴィアスに）女の方は吾輩《わがはい》の怒り振りに惚れ込むという訳だ。それなら、この女がお前さんに顰《しか》め面《つら》のお返しするのに負けずに、こちらも矢継早に毒舌を浴びせかけてやるとしよう……（フィービに）なぜそうじろじろ人の顔を見るのだ？

フィービ　あなたが嫌いじゃないから。

ロザリンド　頼むから惚れたりしないでもらいたい、僕は酔っ払って誓った言葉よりも当てにならぬ男だ、おまけに、お前さんが好きではない……僕の家が知りたいのなら教えておこう、すぐそこのオリーヴの繁《しげ》みの蔭にある……行こうか、妹？　羊飼殿、せいぜい口説いてみるのだな……行こう、妹……娘さん、その男にもっと優しい顔を見せておやり、あまりいい気になるものではない——世界中、誰でもお前さんを見る事が出来ようが、美人と見損ってくれるのはこの男だけだからな……さあ、行こう、うちの羊たちの居る所へ。（大股《おおまた》に去る、シーリアとコリンがそれに続く）

フィービ　（じっと見送って）羊飼と呼ばれたあの詩人、今は亡《な》きマーロー、あなたの素晴らしい言葉の意味が始めて解った、「一目で恋に落ちずして、誰か恋を知ると言う」

シルヴィアス　いとしいフィービ——

フィービ　あら！　何か言って、シルヴィアス？

シルヴィアス　いとしいフィービ、この俺をかわいそうな男だと思っておくれ。

フィービ　もちろん、気の毒だと思っていてよ、シルヴィアス。

シルヴィアス　憐《あわ》れみのあるところ、必ず救いありだ、俺の恋の苦しみを憐れんでくれる気があるなら、いっそ俺を好きになっておくれ、そうすれば、お前の憐れみと俺の苦しみと、差引きして綺麗《きれい》に片が附くのだ。

フィービ　好きになってあげる——でも、それは友達としてではいけないの？

シルヴィアス　俺はお前を自分のものにしたいのだ。

フィービ　それは欲張りというものよ……シルヴィアス、私、前にはあなたが大嫌いだった、といって、今は好きになったという訳ではない、ただ、あなたはなかなか口説き上手でしょう、だからちょっと附合ってみたいの、前にはそれが厭でたまらなかったのだけれど、これからはその気持を抑えて行くつもりよ、それに何かと力も借りたいし、でも、お返しに何も欲しがらないでね、私の力になって、ただそれだけで嬉《うれ》しいと思ってもらいたいの。

シルヴィアス　俺の愛情はあくまで純粋で、あくまで完全なものだし、それに、俺は悪い星廻りの下に生れ附いている、だから、いつも刈入れする男の後について歩いて、おこぼれの落穂を拾うだけでこれは大した収穫だと思うくらいだ、たまには笑顔の一つも見せてくれ、俺はそれだけで生きて行けるのだ。

フィービ　あなた、あの若い人を知っている、さっき私に話しかけて来たでしょう？

シルヴィアス　よくは知らないが、度々会った事がある、そら、あの老いぼれの山男が持っていた小屋と牧場を買った人だ。

フィービ　あの人の事を訊《き》いたからと言って、好きなのだろうと思わないで頂戴。あんなの、ただの駄々子だわ――それにしても、お喋《しゃべ》りは旨いわね――でも、言葉が何だと言うの？――それにしても、言葉というものもまんざらではない、それを喋って聴き手を喜ばせるとなればね、ちょっとした男前だった——大したことはないけれどね——でも、本当に自惚《うぬぼ》れの強い男だ——それにしても、その自惚れがよく似合う、今にきっと良い男になるだろう、あの人の一等いいところは、あの顔立ちね、口は悪いけれど、一々それに腹を立てている暇が無い、あの目附きに気を取られてしまうのだもの、背はあまり高いほうじゃない——でも、年の割には高いほうだわ、脚の恰好《かっこう》はまあまあと言うところ——でも、なかなか良い、唇には美しい赤味がさしていた、あの頬を染めていた赤味よりもっと濃くて生き生きとしている、あれは混《まじ》りけなしの紅で、頬の方は紅白まじりのダマスク薔薇《ばら》というところだわ……ねえ、シルヴィアス、女の中には、さっきの私のようにつくづくあの人の姿を眺めていたら、ふらふらと惚れ込んでしまいかねない人がかなりいるでしょうね、でも、私は惚れなどしない、といって憎みもしないけれど、でも、どちらかと言えば、惚れるよりも憎まなくてはならない訳がある、どういう訳であんながみがみ文句を言わなければならないの？　あの人はこう言ったでしょう、私の目が黒い、髪も黒いって、それに、ええ、忘れるものですか、さんざん私を嘲弄《ちょうろう》した、解らない、私、あの時どうして言い返さなかったのだろう、でも、結局は同じ事ね、うっかり見逃したからといって、すっかり認めた事にはならないもの、よし、手紙を書いて、とことんまでやっつけてやろう、そしてあなたにそれを持って行ってもらいたいの――そうしてくれる、シルヴィアス？

シルヴィアス　フィービ、喜んで行くよ。

フィービ　すぐ書くわ、中身は頭にも胸にも一杯詰っている。思いきり小っぴどく、ぶっきら棒に当ってやるとしよう、さあ、ついて来て、シルヴィアス。（二人退場）

〔第四幕　第一場〕

16

羊小屋に近い空地

ロザリンド、シーリア、ジェイキス登場。

ジェイキス　今後とも御心やすく願いたいものですな。

ロザリンド　あなたは鬱《ふさ》ぎ屋だそうですね。

ジェイキス　おっしゃるとおり、その方が私の好みに合う、笑い上戸よりはね。

ロザリンド　いずれにせよ、あまり極端なのは我慢できませんね、飲んだくれよりももっと世間から爪弾《つまはじ》きされますよ。

ジェイキス　いや、悲しみに沈んで、じっと黙っているのも、なかなか乙なものだ。

ロザリンド それなら、唯《ただ》の棒杙《ぼうぐい》も乙なものだという事になる。

ジェイキス 鬱ぎ屋といっても、私の場合は学者のそれとは違う、あれは唯の競争心に過ぎない、かと言って音楽家のそれでもない、あれは単なる空想だ、又、宮廷人のとも違う、あれはただ気位の高さから来るものだ、もちろん、軍人のとも違う、連中のは野心のためのそれだ、法律家のとも違う、奴《やっ》らのは権謀術数に憂《う》き身をやつすお蔭《かげ》なのだ、だが、貴婦人のとも趣を異にする、方々のは気むずかしくておいで遊ばすからだ、最後に、これを全部ひっくるめた、恋する男の憂鬱《ゆううつ》ともまた違う、私の憂鬱は私だけのものだ、色々な成分を混ぜ合せ、色々な物体から抽出したもので、要するに、私の歩んで来た旅路について数々の想《おも》い出に耽《ふけ》る事なのだ、その想い出を反芻《はんすう》しているうちに、なんとも気紛れな悲しみが私を包みこんでしまうという訳だ。

ロザリンド 旅ゆく人か！ なるほど、悲しくなるのも無理はない、どうやらあなたも自分の地所を売り払って他人の土地を見に出かけた口らしい、そうしてあちこち随分と見て廻ったが、吾が身には何も残っていない、つまり眼高手低《がんこうしゅてい》という事ですね。

ジェイキス さよう、そうして私は経験というものを手に入れたのだ。

オーランドーが近づく。

ロザリンド　で、その経験のお蔭で悲しみに襲われる、私なら阿呆《あほう》を手に入れて陽気に暮しますよ、経験を手に入れて悲しく暮すよりは――しかもそのために旅をするとは驚いた！

オーランドー　やあ、今日は、お元気でまずはめでたい、ロザリンド！（ロザリンドは見向きもしない）

ジェイキス　では、この辺でお暇《いとま》としよう、歌の挨拶《あいさつ》とは恐れ入った。（背を向ける）

ロザリンド　お元気で、旅人殿、せいぜい片言の外国語を口にし、風変りな服を着て、郷土《ふるさと》の良いところを悪《あ》しざまに罵《ののし》り、自分の生れに愛想をつかし、その顔形をお作り下さった神様まで非難なさるがいい、さもないと、ヴェニスの運河にゴンドラを浮べて遊んだ人とは思ってあげませんよ……（ジェイキス、ロザリンドの声の届かぬ所へ遠ざかる。ロザリンド、腰を下ろす）ああ、オーランドー！　今までどこにいたのです？それでも恋をしているとおっしゃる！　これからもこんな好《い》い加減なあしらいを続けるお気持なら、二度とお目には掛りますまい。

オーランドー　美しいロザリンド、約束に一時間と遅れてはいない。

ロザリンド　恋の約束に一時間も遅れる？　恋の道では、一分間の千分の一の、又その何分の一でも約束をたがえるような男は、いわばキューピッドにちょっと肩を摑《つか》まれた程度で、心臓の方は全く無傷と言ってもいい。

オーランドー　僕が悪かった、ロザリンド。

ロザリンド　こんなに待たせるなら、もう二度とお目には掛りません、蝸牛《かたつむり》に口説かれたほうがまだましだ。

オーランドー　蝸牛に？

ロザリンド　ええ、蝸牛に、あれは歩くのはのろのろしているけれど、頭の上にちゃんと家を戴《の》せて来る、あなたが女に遺《のこ》してやれる財産よりよほど気がきいている、それに、あれは自分の宿命を背負って来るでしょう。

オーランドー　それはまた何の事です？（ロザリンドの傍らに腰を下ろす）

ロザリンド　あの角の事ですよ、あなたのような人はそれを奥さんからありがたく頂《ちょう》戴《だい》するものだけれど、蝸牛は最初から自分の運命としてその用意をして来る、それで奥さんの不身持に先手を打つという訳です。

オーランドー　操《みさお》正しい女は夫に角など生やさせない……（物思いに沈んで）そして、僕のロザリンドはそういう人だ。

ロザリンド　そして、これがあなたのロザリンド。（オーランドーの首に片腕を廻す）

シーリア　この人は兄さんをロザリンドと呼んで、それで喜んでいるのよ、でも、本当はもっと艶《つや》っぽい目をしたロザリンドを御存じなのだわ。

ロザリンド　さあ、口説いて、私を口説いて、今の私は何となく浮き浮きしている、口説かれれば「いや」とは言わないでしょう……どんな事を言って下さるおつもりか、もし私が本当に本当にあなたのロザリンドだとしたら？

オーランドー　ものを言う前に接吻《せっぷん》している。

ロザリンド　だめです、最初は言葉を使わなければ、それで言う事が無くなって詰ってしまったら、それをきっかけにして接吻してもよろしい、馴《な》れた演説家も、話がつかえると唾《つば》を吐く、恋人同士が話の種に困った時、（神よ、どうかそういう事のありませんように！）それを切り抜ける最上の策が接吻。

オーランドー　しかし、もし拒絶されたら？

ロザリンド　そしたら、あなたは哀訴歎願《たんがん》せざるをえない、そこでまた新しい話の種が出て来る。

オーランドー　恋する女を前にして言葉に詰ってしまう男があるだろうか？

ロザリンド　少なくともあなたがそうであって欲しい、もしも私があなたの恋人だったらの話だけれど、さもないと、私の操が幅をきかせ過ぎて、機転がちっともきかなくなるかもしれない。

オーランドー　つまり、頭を下げてお願いしても無駄だという?
ロザリンド　頭は下げなくても結構、ただし、願いの方は取下げにしてもらいましょう——確か私があなたのロザリンドだった筈《はず》だけれど?
オーランドー　そう呼ばせてもらうだけで慰めになる、あの人の事を話していたいのだから。
ロザリンド　それなら、その人に代って言いましょう、私はあなたと一緒になりたくない。
オーランドー　それなら、当の本人として僕は死ぬほかに無い。
ロザリンド　いけません、死ぬのは身代りにやらせたらいい、この世界は開闢《かいびゃく》以来もう六千年にもなるけれど、それだけの長い間にみずから進んで死んで行った男など一人も居はしない、そう、一人も、恋のためになど。恋人を敵に奪われたトロイラスは、アキレスとの一騎打ちで頭を叩《たた》き割られてしまったという、でも、その前に死んで然《しか》るべき事を、したい放題やっていた、そのトロイラスが恋人の鑑《かがみ》に祀《まつ》り上げられている、又、ヒーローに会うために泳いで海を渡り、遂《つい》に溺《おぼ》れ死んだというリアンダーは、あの男にしても、たとえヒーローが修道院にはいってしまおうと、後は呑気《のんき》に長生きしたに違いない、もしあの夏の暑い一夜が無かったなら、つまり、リアンダーは唯へレスポントの海に水浴びに行き、脚が引攣《ひきつ》って溺れ死んだだけの事、それを当時の馬《ば》鹿《か》な歴史家たちが、「セストスのヒーロー」のために命を落したなどという事にしてしまった……でも、この種の話はみな大嘘《おおうそ》。男が死ぬのは昔から始終絶え間無し、そうして皆蛆虫《うじむし》の餌《えさ》になって行くけれど、そのうち恋のために命を棄《す》てたのは唯の一人も居はしない。

オーランドー　吾《わ》が本物のロザリンドだけはそんな風に考えてもらいたくない、そうとも、僕ならあの人に顰《しか》め面《つら》をされただけで死んでしまうだろう。

ロザリンド　この手に誓って言いましょう、あの女の顰め面では蠅《はえ》一匹死にはしない……（オーランドーに身を寄せて）でも、まあ、今度はもっと優しいロザリンドになってあげよう、何なりと好きな事を頼んで御覧なさい、きっと適《かな》えてあげますから。

オーランドー　それなら、私を愛してくれ、ロザリンド。

ロザリンド　ええ、もちろん、金曜、土曜の精進日まで、ええ、毎日でも。

オーランドー　妻として？

ロザリンド　ええ、一度に二十人でも。

オーランドー　何ですって？

ロザリンド　あなたは立派な方でしょう。

オーランドー そのつもりです。

ロザリンド そうでしょう、立派な物なら幾ら欲しがっても構わないでしょう？（立ち上る）さあ、妹、お前が司祭の役、二人を結婚させるのだ……どうぞお手を、オーランドー……妹、いいだろう？

オーランドー お願いしましょう、さあ、結婚させて下さい。

シーリア 駄目だわ、どう言ってよいのか解《わか》らないもの。

ロザリンド 初めはこう、「オーランドー、汝《なんじ》は――」

シーリア 解ったわ……オーランドー、汝はこれなるロザリンドを妻となすや？

オーランドー はい。

ロザリンド でも、いつ？

オーランドー 今すぐ、妹さんが結婚させてくれ次第。

ロザリンド それなら、こう言わなければ、「ロザリンド、私はあなたを妻として迎えます」

オーランドー ロザリンド、私はあなたを妻として迎えます。

ロザリンド 介添人をと言いたいところだけれど、それはそれとして、オーランドー、私はあなたを夫として迎えます……この娘、司祭の言葉を待たずにお先走りをする、もっとも女の思いというものは行為の先廻りをするものだ。

オーランドー　誰の思いでも同じ事、それには翼が生えているのだから。

ロザリンド　さあ、答えてもらいましょう、ロザリンドを自分のものに出来たら、あなたはそうしていつまで離さずに置くつもりか。

オーランドー　とこしえに、永劫《えいごう》も唯の一日。

ロザリンド　「唯の一日」とだけおっしゃるがいい、「永劫」は抜きにして……駄目、駄目、オーランドー、男は口説く時だけ春四月、一たび口説き落してしまえば、日々が真冬の十二月、女の方は娘時代は五月だけれど、人妻ともなれば空模様がすっかり変る……私ならやきもちを焼いてやる、バーバリーの雄鳩《おすばと》が雌鳩に焼くよりもっとひどく。それに、があがあ喚《わめ》き立ててやる、雨降り前の鸚鵡《おうむ》よりもっと喧《やかま》しく。尾無し猿よりも新しい物好きで、山猿よりも浮気ぽい女になってやる。何でもない事にも噴水のダイアナも顔負けしてしまうくらい涙の雨を降らせてやる、ことにあなたが陽気に騒ぎたがっている時に、それから又、ハイエナのように笑ってやる、ことにあなたが眠くて仕方の無い時に。

オーランドー　だが、僕のロザリンドがそんな事をするだろうか？

ロザリンド　誓ってもいい、あの人のする事は全く私と同じ。

オーランドー　ああ、でも、あの人には分別がある。

ロザリンド　さもなければ、そうするだけの智慧《ちえ》もないという事になる、賢ければ賢い程、気紛れなもの、女の智慧に戸を立てて御覧なさい、智慧は窓から飛んで出る、窓を閉めれば、鍵穴《かぎあな》から抜けて出る、鍵穴を塞《ふさ》げば、煙と一緒に煙突から舞って出る。

オーランドー　そんな智慧を持った女を女房にした男はうんざりして、こう言うだろう「どこまで続く浅智慧ぞ」とね。

ロザリンド　いや、そんな文句はいざという時まで取って置いたほうがいい、いずれその奥さんの智慧がふらりと近所の男の寝床にもぐりこみに出掛ける日が来るでしょうから。

オーランドー　そんな事をする言訳に、智慧の奴、どんな智慧を働かせるだろう？

ロザリンド　訳も無い事、あなたをそこへ探しに来たと言えばいい……女を貰《もら》えば、その抱合せに口答えも一緒に貰う覚悟が肝腎《かんじん》、舌の無い女を貰うなら別だけれど、そう、自分の過《あやま》ちを夫のせいに出来ないような女が居たら、そんな女には子供の面倒は見させられない、任せて置いたら阿呆に育て上げてしまう。

オーランドー　そう、二時間ばかり、ロザリンド、ちょっと失礼させてもらいたいのだが。

ロザリンド　ああ、そんな、あなた無しで、二時間も！
オーランドー　公爵《こうしゃく》のお招きで、御一緒に食事をする事になっているのです。二時にはきっと戻って来ます。
ロザリンド　解りました、行っていらっしゃい、お好きなように、あなたがどんな方か解っていました、友達にも言われたし、自分でもこんな事だろうと思っていた、あなたの上手な口先にまんまと丸めこまれてしまったのです。一人の女が棄てられた、唯それだけの事、私は死んでしまいたい……二時ですって？
オーランドー　そうです、きっと、ロザリンド。
ロザリンド　私の誠にかけて、心の底から、神にかけて、そのほか、差障《さしさわ》り無い限りの誓いの言葉すべてにかけて、もし今の約束を塵程《ちりほど》でも破って一分でも遅れていらしたら、あなたはこの上なしの憐れむべき約束破り、およそ不実な恋人、ロザリンドとかいうその女性に一番ふさわしくない男、掃いて捨てるほど何処《どこ》にでもいる浮気者の中の浮気者、そう思う事に致しましょう、この上は私に文句を言われぬよう、せいぜい約束をお守りなさい。
オーランドー　守りますとも、あなたが本物のロザリンドだった場合に劣らぬ誠意を以《もっ》て、必ず、では、また。

ロザリンド　最後に、そういう罪を犯す者には、昔から「時」こそ正義の裁き手、その「時」にすべてを任せましょう、また後で！　（オーランドー退場）

シーリア　さっきの恋の講釈、お蔭《かげ》で私たち女の名誉はすっかり台無し、さあ、その上衣《うわぎ》と下穿《したばき》を剝《は》ぎ取って、この鳥が自分の巣をどんなに痛めつけたか、世間に見せてやりましょう。

ロザリンド　ああ、シーリア、シーリア……私のかわいい従妹《いとこ》、私を陥《おとしい》れた恋の淵《ふち》が、その深さが、あなたに解ってもらえたら！　でも、それは誰にも測れはしない、私の愛情は底知れないのだもの、ポルトガルの海のように。

シーリア　と言うより、底無し――幾ら愛情を注ぎ込んでも、みんな流れ出てしまうらしい。

ロザリンド　いいえ、あのヴィーナスの生んだ意地悪の父《てて》無し子、物想いが種を下ろし、むら気が孕《はら》み、気違い沙汰《ざた》から生れたという――あの盲目《めくら》の悪戯《いたずら》子、自分の目が見えぬものだから人の目まで片端から狂わせてしまうのだ――あの子に判断してもらいましょう、私がどんなに深く思い込んでいるか……本当よ、エイリイーナ、私はオーランドーの姿を見ずには片時も過せないの、どこか樹蔭《こかげ》でも見つけて、あの方の来るまでせつなく溜息《ためいき》をついていましょう。

シーリア 私はそこで一眠り。（二人退場）

〔第四幕 第二場〕

17

追放された公爵《こうしゃく》の洞窟《どうくつ》の前

狩人の一団が近づいて来る物音。やがてアミアンズと他の貴族たちが森役人の身装《みな》りで登場、一行の真ん中にジェイキスが居る、人々は朝の狩猟の模様を彼に語っている。

ジェイキス 鹿《しか》を仕止めたのは誰だ？
貴族の一 吾輩《わがはい》だ。
ジェイキス この男をローマの凱旋《がいせん》将軍よろしく公爵の前へ連れて行こう。殺した鹿の角をその頭に附けるといい、勝利の印だ……森役人、こういう時にふさわしい歌を何か知らないか？
アミアンズ 知っているとも。
ジェイキス では頼む、節廻しなど構わない、騒々しくやってくれさえすれば、用は足りる。

鹿を仕止めた男がまず鹿の角と皮を被《かぶ》せられ、次に一行の手で高々と胴上げされて、「歌で送りの帰り路《みち》」となる。アミアンズが音頭を取り、他の人々が合唱する。

歌

鹿を仕止めた　御褒美《ごほうび》は？
革の衣に　角二つ
歌で送りの　帰り路
　さあさ担《かつ》いだ　この荷物
二つの角も　恥じゃない
先祖代々　一家の紋
親爺《おやじ》の親爺も　生やしてた
　お前の親爺も　生やしてた
角だ　角だよ　陽気な角だ
嘲《あざけ》るまいぞ　蔑《さげす》むな

一行はこの歌を何度も繰返しながら木のまわりを三度めぐり、公爵の洞窟に入って行く。

〔第四幕 第三場〕

18

羊小屋に近い空地

ロザリンドとシーリアが戻って来る。

ロザリンド　これでも言訳が出来て？　もう二時を過ぎたでしょう？　それなのに、オーランドーの影さえ見えない！

シーリア　間違い無し、あの人は、もうひたすら恋い焦《こ》がれ、何が何だか解《わか》らなくなってしまって、弓矢を引摑《ひっつか》むや否《いな》や飛び出して行ったに違い無い、昼寝をしに……おや、誰か来たわ。

シルヴィアスが近づく。

シルヴィアス　あなた様へと頼まれましてございます、若旦那様《だんな》――私のやさしいフィービがこれをお渡しするようにと、（ロザリンドに手紙を渡す）中身は存じませんが、これを書いていた時のあれの険しい顔つきと、ぷりぷりした態度から察しまして、どうやら腹立ちの手紙のようでございます、御勘弁頂きたいもので、私は何の罪咎《つみとが》も無い使いに過ぎませんので。

ロザリンド　たとえ忍耐の権化《ごんげ》でもこの手紙を読めば、仰天して啖呵《たんか》の一つも切りたくなるだろう――これが我慢できれば、何だって我慢出来る、こんな調子だ、お前は美男ではない、礼儀作法も弁《わきま》えていない、それに高慢ちきだという、お前のような男を愛することはできない、たとえ男が不死鳥のように数少ないとしても、と来た、何という事だ！　何もこの女に愛されたいなどと思いはしない。どうしてこんな事を書いて寄越したのだろう？　解った、おい、羊飼、解ったよ、これはお前の差し金で書かせた手紙に違いない。

シルヴィアス　いえ、とんでもない、中身については、私は何も存じません――フィービが書きましたので。

ロザリンド　おい、おい、お前はとんだ阿呆《あほう》だ、恋にのぼせて頭がどうかしてしまったらしいな。僕はあの女の手を見た――革のような手、砂岩のような手だ、てっきり古手袋をはめているのかと思ったが、それがまさしくあの女の手だった、生れながらにして台所を這《は》いずり廻る手をしている――まあ、そんな事はどうでもいい、とにかく、これはあの女が思いついた手紙ではない、男が考え、男の手で書いた物だ。

シルヴィアス　間違いなくフィービの書いた物です。

ロザリンド　見ろ、この乱暴で残酷な言廻し、まるで喧嘩《けんか》を吹きかけるような調子だ、見ろ、僕に楯《たて》をついている、クリスト教徒に刃向うトルコ人そこのけだ、女のやさしい頭では思いも寄らぬ途方も無い雑言を吐いている、エチオピア人の言葉よろしく、その底に淀《よど》む腹黒さ、上辺の肌の色も遠く及ばない……何と書いてあるか読んでもらいたいか？

シルヴィアス　お願いします、全然聞いておりませんので、もっともフィービの酷《むご》さはよく承知しておりますが。

ロザリンド　そのフィービの面目をここでも大いに発揮しているのだ、いいか、跳上《はねあが》りめ、こんな調子で書いている。（読みあげる）

「牧童に身をやつし給《たま》える神にあらずや
　かくも乙女心を燃え立たしむるとは？」

女の身でこんな悪態がつけるだろうか？

シルヴィアス　これが悪態ですって？

ロザリンド

「何故《なにゆえ》に、神の御座《みくら》を降り給い

人の世の女心を乱し給うらん？」
こんな悪態を聞いた事があるか？
「人の子の、目もて吾《われ》を求めし事あれど
その目の吾を痛ましむる事ついぞなかりき」
この身は人の子にあらず、畜生という訳だ。
「輝く御目の蔑《さげす》みにすら
かくも募りゆく吾《わ》が恋なれば
その目差《まなざ》しに優しき色の宿る時
ああ、いかばかり奇しき力《くす》、吾に及ぼし給うらん？
罵《ののし》り給える時だにも焦がれまつりし吾なれば
君がいみじき囁《ささや》きに吾身はいかになりつらん？
この文をば君に齎《もたら》せる若者は
吾が胸の燃ゆる想いを露知らず
されば、君が心を告ぐる文をばこの者に。
君が若き御心の、吾が真心と
吾が心尽しのなべてを納め給うや

　はたまたこの若者に言づてて否み給うや
　さらばただちに死なん手立てを思うのみ」
シルヴィアス　これが剣つくだとおっしゃるので？
シーリア　ああ、気の毒な羊飼！
ロザリンド　この男に同情しているのか？　無駄だ、この男、同情する値打ちもありはしない……お前さんはこんな女を愛するつもりか？　馬鹿《ばか》な、お前さんを巧みにあしらって、好《い》い加減な音色《ねいろ》を出させようとしているのだ！　とても我慢が出来ぬ！　さあ、この女の所へ行くがよい、（どうやら、惚《ほ》れた弱味で飼い馴《な》らされた蛇よろしくの態だ）そして、こう言ってやれ、もしあの女が本当に僕を愛しているのなら、僕はあれに命令する、お前を愛してやれと、それが厭《いや》だというなら、僕は決してあれを相手にしない、お前の口から頼まれぬ限りはな……さあ、本当に惚れているのなら、早く行くのだ、もう何も言うな、そら、又誰かやって来る。（シルヴィアス退場）

　オリヴァー、別の道から急ぎ登場。

オリヴァー　お早う、ちょっとお訊《たず》ねしたいのですが、御存じでしょうか、この森のはずれにオリーヴの林にかこまれた羊小屋があるそうですが？

シーリア　ここから西の方、すぐ近くの谷底に――せせらぐ小川の畔《ほとり》の行李柳《こりやなぎ》の並木を右に見ていらっしゃれば、おのずとそこへ出ます、でも、この時間ですと小屋はひっそり建っているだけ、中には誰もおりません。

オリヴァー　耳で聞いた事が目の助けになるなら、まさにあなた方の事に違いない――身装《みな》りといい、年恰好《としかっこう》といい、言われたとおりだ、「当の若者は色が白く、女のような顔だちをしているが、その身のこなしにはいかにも物馴れた森番らしいところがある、女のほうは背が低く、兄さんよりは幾分か浅黒い」……あなた方こそ今お訊《き》きした家の持主ではありませんか？

シーリア　自慢にはならないでしょう、訊かれた以上、そうだとお答えしても。

オリヴァー　オーランドーからお二人によろしくとの事です、それから、あれが始終愛するロザリンドとお呼びしている若者にこの血の附いた裂《き》れを渡してくれと頼まれました、あなたですね、その若者というのは？

ロザリンド　そうです、これは一体どういう訳なのですか？

オリヴァー　私にとっては恥ずべき事、私が何者であるか、また、どんな風に、なぜ、どこで、このハンカチが血に汚れたか、その経緯《いきさつ》をお耳に入れるとなったなら。

シーリア　是非その話を。

オリヴァー　オーランドーはあなた方と別れる時、一時間後には必ず戻ると約束し、甘辛い恋の後味を嚙《か》みしめながら森の中を縫って行ったものです、ところが、その途中とんでもない事が！　というのは、ふと横を眺めた時、事もあろうに、その目に何が映った事か！　枝は苔《こけ》むし、梢《こずえ》は枯れてむき出しになった樫《かし》の老木の下に、ぼろを纏《まと》い、髪も伸び放題のみじめな男が一人、仰向けに眠っている、しかも、その首のまわりにはぎらぎらした緑色の蛇が巻き附き、鎌首《かまくび》をもたげて今にも男の開いた口にとび掛ろうとしているではありませんか、が、その蛇はオーランドーの姿を見て、急にとぐろを解き、身をくねらせて茂みの中へ滑り込んでしまいました、ところが、その茂みの蔭《かげ》に、吸い尽されて乳房の干上《ひあが》った牝獅子《めじし》が一頭、頭を地につけ、猫のように目を光らせて、その眠っている男の動くのをじっと待っていたのです、なるほど百獣の王と言われるだけの事はある、死んでいるとしか思われぬものには手を出さぬ習性なのです、この有様を見て、オーランドーはその男の側に近寄って行きました、何と、それが自分の兄、一番上の兄だったのです。

シーリア　ああ、そのお兄様の事なら、あの人が話しているのを聞いた事がある、世界広しといえどもあんな不人情な男は居ないと言っておりました。

オリヴァー　そう言うのも無理はない、本当に不人情な男だったのだから。

ロザリンド　それよりも、オーランドーの事を。そのまま行ってしまったのですか、お兄様を、乳を吸い尽され、飢えに狂ったその牝獅子の餌食《えじき》にしたまま？

オリヴァー　オーランドーは二度まで背を向け、そうしようとしました、しかし、復《ふく》讐《しゅう》の念より遥《はる》かに気高い心の優しさが、己れを正しとする口実よりは遥かに強い人情が、彼を動かし、獅子に戦いを挑ませたのです、獅子は忽《たちま》ち彼の前に斃《たお》れました、その騒ぎで私はあの浅ましい眠りから漸《ようや》く目を醒《さ》ましたのです。

シーリア　あなたがそのお兄様？

ロザリンド　では、あなただったのですか、あの人が救ったのは？

シーリア　では、あなただったのでしょう、あの人の命を覗《うかが》って色々罠《わな》を仕掛けたのは？

オリヴァー　そうなのです、しかし、今は違う、以前の私がどんな人間だったか、それをお話ししてももう恥ずかしくはない、生れ変った事がそれほど快く感じられます、今の私は御覧のとおりの人間になったのですから。

ロザリンド　それで、この血まみれの裂れは？――

オリヴァー　それもすぐお解り頂けましょう……私共は涙ながらに始終の仔細《しさい》を語り合いました、この私にしても、なぜこんな山奥までやって来たのか、つぶさに語り……いや、手短かに話しましょう、弟はあのお心の寛《ひろ》やかな公爵《こうしゃく》のもとへ私を連れて行ってくれました、公は私に新しい服を下さり、色々おもてなし下さった上、弟の世話になるがよいとの仰《おお》せ、弟は早速私を自分の洞窟に連れて行ってくれたのです、そうして服を脱いでみますと、腕のこの辺が獅子に食い裂かれていて、それまでずっと血が流れていたのです、それを見て、弟は気を失い、倒れようとする瞬間、ロザリンドという叫びが唇を洩《も》れて出ました……手短かに申しますと、私は弟に息を吹き返させ、傷口に繃帯《ほうたい》を巻いてやりました、そうこうするうち間も無く弟は元気を取戻しましたが、私に向ってすぐにもこちらへ伺うよう、お二人には始めての私ではございますが、一部始終をお伝えして、約束を違《たが》えたお詫《わ》びを申上げ、血に染まったこの裂れを、いつも弟が戯《たわむ》れにロザリンドと呼んでいる若い牧場主に手渡して欲しいとのこと。

（ロザリンド、気を失う）

シーリア　まあ、どうしたの、ギャニミード！　ギャニミード！

オリヴァー　よくあることです、血を見ると誰しも気が遠くなる。

シーリア　もっと訳があるのよ……しっかりして、ロザリンド、ギャニミード！

オリヴァー　それ、気がついた。

ロザリンド　家へ帰りたい。

シーリア　連れて行ってあげます……お願い、腕を抱えてくださらない？

オリヴァー　元気を出しなさい、男ではありませんか！　男の胆玉をどこかへ置き忘れて来たと見える。

ロザリンド　そうなのです、正直の話……ああ、しかし、人が見たら、今のは実に旨《うま》い芝居だと思うでしょう。弟さんに伝えて下さい、私がどんなに旨く芝居をして見せたかを……やれやれ！

オリヴァー　いや、あれは芝居ではない、何よりその顔色がはっきり物語っている、今のは真実の激しい気持から出たものです。

ロザリンド　芝居ですとも、嘘《うそ》は言わない。

オリヴァー　それなら、今度は勇気を奮って、まず男の役を演《や》って見せることです。

ロザリンド　そうしているところです、でも、やはり私は女でいるほうが本物らしい。

シーリア　まあ、顔色がだんだん蒼《あお》ざめてゆく、お願い、家へ帰りましょう……あなたも、どうか御一緒に。

オリヴァー　そうしましょう、私としても御返事を頂いて行かねばならない、弟を許して下さるかどうか。

ロザリンド　何とか考えておきましょう、とにかく、私の芝居の事だけは弟さんによ

く伝えておいて下さいよ……さあ、行きましょうか。（三人、小屋の方へ降りて行く）

19

〔第五幕 第一場〕

タッチストーンとオードリーが木立を抜けて出て来る。

タッチストーン 大丈夫だよ、オードリー、そのうちに又いい折がやって来るさ――辛抱が何よりだ、オードリー。

オードリー ほんとに、あの牧師さんでも良かったのに、あの年寄りの小父《おじ》さん、何の彼《か》のと言っていたけど。

タッチストーン 騎士オリヴァーだかマーテクストだか知らないが、オードリー、あんな悪どい食わせ者は見た事がない……ところで、オードリー、やはりこの森に住んでいる若い者で、君を自分のものだと言い張っている男が居るのだ。

オードリー ええ、誰だか知っているわ、とんでもない、あの男に文句をつけられる何の因縁もありはしない、そうら、その男がやって来た。

ウィリアムが空地に入って来る。

タッチストーン　こりゃ願ったり適《かな》ったりの御馳走《ごちそう》だ、田吾作《たごさく》殿に会えるとは。全く、我々智慧《ちえ》のある者は色々と罪な事をする、人の顔を見れば、必ず嬲《なぶ》りものにする、どうにも我慢が出来ないのだ。

ウィリアム　今晩は、オードリー。

オードリー　今晩は、ウィリアム。

ウィリアム　そちらのお方にも、今晩は。

タッチストーン　（ふざけた威厳を附けて）これは、これは。ま、帽子をおかぶり頂きたい、帽子を、いや、憚《はばか》ることは無い、どうぞおかぶり頂きたい……ところで、あなたのお年は？

ウィリアム　二十五でして、旦那《だんな》。

タッチストーン　年頃だな……名前は、ウィリアムだったな？

ウィリアム　ウィリアムで、はい。

タッチストーン　いい名前だ……生れはこの森の中かね？

ウィリアム　はい、さようで、お蔭様《かげさま》と。

タッチストーン　「お蔭様」、うむ、気のきいた返事だ……財産はあるのか？
ウィリアム　はい、まあまあというところで。
タッチストーン　「まあまあ」とは気がきいている、大出来だ、秀逸だ、が、実はそうでもない、ほんのまあまあというところだ……智慧はあるほうかね？
ウィリアム　はい、ちょっとした才は持ち合せております。
タッチストーン　なるほど、旨い事を言う……それで憶《おも》い出したが、こんな諺《ことわざ》がある、「愚者は己れを賢と思い、賢者は己れの愚者なるを知る」とね……（ウィリアム、啞然《あぜん》として大口を開けている）さる異端の哲学者は、葡萄《ぶどう》が食いたくなると、まず口を開けてから葡萄をそこに持っていったそうだ、つまり、葡萄は食うべき物、口は開けるべき物という訳だ……この娘に気があるのかね？
ウィリアム　あります、はい。
タッチストーン　さあ、手をくれ……ところで、学はあるのかね。
ウィリアム　ございません、はい。
タッチストーン　然《しか》らば、ひとつ教えて進ぜよう――持つとは、即《すなわ》ち持つことなり、何となれば、これは修辞学で言う比喩《ひゆ》というやつだが、酒を盃《さかずき》からグラスに注ぎ替えると、片一方が一杯になり、ために他方は空になる、それから、これはすべての論者の一致して認めるところだが、ラテン語の「イプセ」とはその男という意味だ、さて、君はそのイプセではない、それがしがその男だからだ。

ウィリアム　その男というのは？

タッチストーン　その男だ、即《すなわ》ちこの女と結婚する筈《はず》の、その男の事だ……さて、然るが故《ゆえ》に、田吾作殿、この女性（俗に言う「女」）との、交際（平たく言えば「附合い」）を、放棄する（つまり、下世話で言う「やめにする」）こと、以上、一口に続けて言うと、「この女性との交際を放棄せよ」となる、然《しか》らずんば、田吾作殿、汝《なんじ》にとりては身の破滅、お前さんに解《わか》るように言えば、死ぬほか無いということ、更に言い直せば、要するに、吾輩がお前さんを殺す、片附ける、お前さんの生を死に変え、お前さんの自由を束縛に転ぜしめんという訳だ、一服盛るもよし、棍棒《こんぼう》で叩《たた》きのめすもよし、一刀両断と行くもよし、はたまた徒党を組んで鎬《しのぎ》を削るか、策を用いてとっちめるか、とにかく百計を案じて必ずお前さんを殺してやる――然るが故に、ぞっと震えて、この場を去るにしかずさ。

オードリー　そうして、ね、ウィリアム。

ウィリアム　では、御機嫌よう。（退場）

コリンが現われて呼びかける。

コリン　旦那様方がお前さんを探しておいでだ、さあ、来ておくれ、こっちへ、さあ。

タッチストーン　行くんだ、行くんだ、オードリー――俺も行く、すぐ行くよ。（一同、小屋の方へ走り去る）

一夜が経過する。

20

〔第五幕　第二場〕

オリヴァーと腕に繃帯《ほうたい》をしたオーランドー、土手に腰を下ろしている。

オーランドー　そんな事がありうるだろうか、兄さん、まだ碌《ろく》に知合ってもいないのにあの人が好きになる？　一目で好きに？　好きになったからといってすぐ口説いて？　そうして口説いてみたら、相手はすぐに靡《なび》いたというのですか？　で、兄さんはどうしてもあの人が欲しいと言うのですね？

オリヴァー　そう言うな、なるほど気まぐれも甚《はなは》だしい、相手の女は貧しいし、附合いもまだ日が浅い、俺の申込みも急なら、女の承諾も急過ぎる、色々文句はあろうが、この際、大目に見てくれ、それより、俺と一緒にこう言ってくれ、エイリイーナを愛していると、そして、あの人と一緒にこう言ってくれ、俺を愛していると、更に、二人の気持になって、吾々《われわれ》が互いに相手を自分のものにする事が出来るように、お前の同意が欲しいのだ、これはお前にとっても悪い事ではない、お父さんの家屋敷も、財産も、つまり、騎士ローランドの遺産をそっくりお前に譲って、私は死ぬまでここで羊飼として暮して行くつもりなのだ。

ロザリンドがやって来るのが遠くに見える。

オーランドー　よろしい、私の同意を……婚礼はあすということにして、公爵《こうしゃく》を、そして心から公に従っているあの貴族たちを招いておきましょう……さあ、エイリイーナに知らせに行っておあげなさい、そら、私のロザリンドがそこに。
ロザリンド　お元気で何よりです。
オリヴァー　あなたこそ。（退場）
ロザリンド　おお、いとしいオーランドー、胸が張り裂けそう、そうしてあなたの心臓に繃帯が巻いてあるのを見ると。

オーランドー 繃帯は腕ですよ。

ロザリンド 獅子《しし》の爪《つめ》で心臓に傷をお受けになったのかと思いました。

オーランドー 確かに傷は受けています、でも、それはさる女人のまなざしのせいです。

ロザリンド お兄さんからお聞きになりましたか、あのハンカチを見せられて、私が気絶の芝居をしたという話？

オーランドー ええ、それに、もっと驚くような話も。

ロザリンド ああ、解っています、ええ、本当なのです、あんなに藪《やぶ》から棒の話は無い、全く前代未聞《みもん》、牡羊同士の喧嘩《けんか》や、シーザーのあの「来た、見た、勝った」という大見栄《おおみえ》なら別ですが、あなたのお兄さんと私の妹は、遭うや否《いな》や見つめ合い、見つめ合うや否や思い合い、思い合うや否や溜息《ためいき》をつき、溜息をつくや否や互いに理由を訊《たず》ね合い、理由を知るや否やその治療法を求め合うという始末、こうして一段また一段とあの二人は結婚への階段を積み上げ、それを今や一気に駈《か》け上ろうとしています、それが許されなければ、いっそ駈落ちという事にもなりかねない、もう我を忘れて恋の虜《とりこ》になっている、一緒になるより仕方が無いでしょう、棍棒で引離そうとしても無理ですよ、あれでは。

オーランドー あす、式を挙げます、私が公爵《こうしゃく》をお招きする事になっているのです……しかし、ああ何と辛《つら》い事だろう、他人の目をとおして幸福を眺めなくてはならぬのだ！　あすの私は、望む女を手に入れて有頂天になっている兄を見るにつけ、その仕合せの分だけ、心が重くなるだろう。

ロザリンド どうしてそんなことを、あしたは私はロザリンドの役を引受けてあげられないとでも？

オーランドー もう想像だけでは生きてゆけなくなりました。

ロザリンド それなら、これ以上あなたを滅入《めい》らせる無用のお喋《しゃべ》りは止《や》めにしましょう……まあ、聞いて下さい、今度は真面目《まじめ》な話です、よろしいですか、あなたは物解《ものわか》りの良い人の筈《はず》、いえ、そう言ったからといって、何も私があなたの事をよく知っていると感心してもらいたいのではないし、もっと尊敬されたいためでもない、もっとも少しは私という人間を信用してもらえるように、唯《ただ》その程度の尊敬が欲しいのですが、それもつまりはあなたのお役に立ちたいからに過ぎず、決して自分をひけらかそうという魂胆ではありません……そこで是非信じて頂きたいのですが、実は私には不思議な力が備わっているのです、それは三つの時からある魔術師と知合っていたお蔭《かげ》ですが、その男は秘術の奥義《おうぎ》を究めていながら、邪《よこしま》なところの少しも無い立派な人物でした……ところで、もしあなたがロザリンドを、その表に現われているほど深く心の底から愛しておいでなら、お兄上がエイリイーナと結婚なさる時、あなたもロザリンドと結婚できるようにして差上げましょう。ロザリンドにしても今どんなに苦しい境遇に追いやられているか、私にはよく解る、ですから、あなたさえ差支えなければ、あす、あなたの目の前に生きたロザリンドを立たせて見せる事も出来ない相談ではない、もちろん、これには何の危険も伴いません。

オーランドー　そんな事を真面目におっしゃっているのですか？

ロザリンド　そうです、命に懸けてもよろしい、命はやはり大切なものですからね、いくら魔術師でも……そういう訳だから、さあ、晴着を着て、友達をお招きなさい、あす結婚したいお気持があれば、そうさせてあげます、相手はロザリンド、あなたがそれをお望みなら。

シルヴィアスとフィービが近づく。

ロザリンド　ほう、私に惚《ほ》れている女と、その女に惚れている男がやって来た。

フィービ　あなたは随分ひどい方、あなたに書いた手紙をほかの人に見せてしまうなんて。

ロザリンド　見せてもどうと言う事はない、僕はことさらにお前さんを馬鹿《ばか》にし、邪《じゃ》慳《けん》にしている振りをしているだけだ、それ、お前さんには忠実な羊飼がちゃんと随《つ》いて来ているではないか——その男に目をかけて、かわいがっておあげ、お前さんを拝まんばかりに慕っているのだ。

フィービ　さあ、お前さん、恋とはどんなものだか、この人に教えておあげ。

シルヴィアス　それは溜息と涙だ、フィービを慕うこの心がそれです。

フィービ　ギャニミードを慕う私の心もそれと同じ。

オーランドー　ロザリンドを慕う私の心もそれと同じだ。

ロザリンド　この私はどんな女も慕う気にはなれない。

シルヴィアス　恋は誠実と奉仕だ、フィービを慕うこの心がそれです。

フィービ　ギャニミードを慕う私の心もそれと同じ。

オーランドー　ロザリンドを慕う私の心もそれと同じだ。

ロザリンド　この私はどんな女も慕う気にはなれない。

シルヴィアス　恋は夢想、情熱、願望、そうなのだ、崇拝、尊敬、献身と、卑下、忍耐、焦燥、そして純潔、試錬、従順、フィービを慕うこの心がそれです。

フィービ　ギャニミードを慕う私の心もそれと同じ。
オーランドー　ロザリンドを慕う私の心もそれと同じだ。
ロザリンド　この私はどんな女も慕う気にはなれない。
フィービ　（ロザリンドに）恋がそういうものなら、どうしてあなたを恋してはいけないのです？
シルヴィアス　（フィービに）恋がそういうものなら、どうしてお前を恋してはいけないのだ？
オーランドー　恋がそういうものなら、どうしてあなたを恋してはいけないのだ？
ロザリンド　誰に言っているのです、その「どうしてあなたを恋してはいけないのだ」というのは？
オーランドー　ここには居もしない人に、聞いてもいない人に。
ロザリンド　もうそれでたくさん、まるで月に向って吠《ほ》えるアイルランドの狼《おおかみ》だ……（シルヴィアスに）出来るだけお前の力になってあげよう……（フィービに）出来るものならお前を愛してあげたいところだ……あすは皆揃《そろ》って会いに来てくれ給《たま》え……（フィービに）この私が女と結婚するとすれば、必ずお前と結婚する、で、私はあす結婚するのだ……（オーランドーに）この私が男の望みを満たしてあげるとすれば、必ずあなたの望みを満たしてあげます、で、あなたはあす結婚するでしょう……（シルヴィアスに）お前が自分に気に入ったもので満足するなら、この私がお前を満足させてあげよう、で、お前はあす結婚することになろう……（オーランドーに）あなたはロザリンドを愛している、それなら、あす必ず来て下さい。（シルヴィアスに）お前はフィービを愛している、それならあす必ず来るのだ。私は、どの女も愛していない、だから、あすは必ず来ます……では、御機嫌よう、今の言いつけを忘れぬように。

シルヴィアス　命のある限り、必ず参ります。

フィービ　私も。

オーランドー　私も。（一同、散り散りに去る）

〔第五幕 第三場〕

21

タッチストーンとオードリーが空地に入って来る。

タッチストーン　あすはめでたい日だ、オードリー。あす式を挙げるのだ。

オードリー　それこそ私が心から望んでいる事よ、一人前の奥様になりたいというのは、何も淫《みだ》らな望みじゃないと思うけど。あら、あそこに追放された公爵《こうしゃく》様のお小姓が二人。

小姓が二人走って来る。

小姓の一　いいところでお目にかかりました。
タッチストーン　本当に、いいところで……さあ、坐《すわ》ったり、坐ったり、早速、歌をお願いしましょう。
小姓の二　いいですとも、さあ、真ん中にお坐りになって。
小姓の一　では、景気よく行こう、咳払《せきばら》いしたり、唾《つば》を吐いたり、声が嗄《か》れていると言いわけしたりするのは、良からぬ声の前口上に決っているだろう？
小姓の二　そうとも、そうとも、では、一緒に同じ調子で行こう、馬に合い乗り、ジプシーよろしく。

歌

好いた同士が肩並べ
　へイ・ホウ・へイの　へイ・ノニー・ノー
青い畑を行ったとさ

春は契《ちぎ》りの季節なりや
鳥も囀《さえず》る　ヘイ・チュ・チュ・チュ
好いた同士は春が好き

ライ麦畑の真ん中に
ヘイ・ホウ・ヘイの　ヘイ・ノニー・ノー
野良着《のらぎ》のままで寝ころべば
春は契りの季節なりや
鳥も囀る　ヘイ・チュ・チュ・チュ
好いた同士は春が好き

やがて二人は歌い出す
ヘイ・ホウ・ヘイの　ヘイ・ノニー・ノー
人の命は散る花よ
春は契りの季節なりや
鳥も囀る　ヘイ・チュ・チュ・チュ

好いた同士は春が好き
ならば逃すな　この一時を
　ヘイ・ホウ・ヘイの　ヘイ・ノニー・ノー
今こそ恋の花盛り
　春は契りの季節なりや
鳥も囀る　ヘイ・チュ・チュ・チュ
好いた同士は春が好き

タッチストーン　なあ、お若いの、歌の文句には別に文句を附ける程の中身は無かったようだが、調子がひどく狂っていましたな。

小姓の一　それは勘違いというもの――ちゃんと拍子を取っていましたからね、合わない筈《はず》が無い。

タッチストーン　いや、こっちは合わないね、こんな馬鹿《ばか》げた歌を聞かされたのでは……では、御機嫌よう、精々声を良くしておくことですな！　行こう、オードリー。

（一同退場）

一夜経過。

〔第五幕 第四場〕

22

前場に同じ　羊小屋に近い空地

追放された公爵《こうしゃく》、アミアンズ、ジェイキス、オーランドー、オリヴァー、シーリア。

公爵　お前は信じているのか、オーランドー、その若者が約束どおり何も彼《か》も実現し得るなどと？

オーランドー　半ば信じ半ば打消しとでも申しましょうか、それこそ、望みを懐《いだ》く己れに不安を覚え、その不安を懐く己れを十分自覚している者の常でございましょう。

ロザリンド、シルヴィアス、フィービが一同に加わる。

ロザリンド　今暫《しばら》くの御猶予《ゆうよ》を、お互いの約束を確かめたいと存じますので。公爵様、お言葉によりますと、もし私がロザリンド様をこの場にお連れして参りましたならば、確かこのオーランドーの奥方に賜わるとか？
公爵　そのとおり、たとえ娘と一緒に幾つかの王国をくれてやらねばならぬとしてもな。
ロザリンド　で、オーランドー、あなたはその人を妻に迎えると、確かにそう言いましたね、私が姫君を連れて来さえすれば？
オーランドー　そのとおり、たとえ私がすべての王国を支配する王であったとしても。
ロザリンド　お前は私と結婚したいと言うのだね、もし私の方にその気がありさえすれば？
フィービ　そのとおりよ、たとえ一時間後には死んでしまおうとも。
ロザリンド　しかし、もしお前が私との結婚をどうしても厭《いや》だと言うなら、その時はこの誰よりも忠実な羊飼に身を捧《ささ》げると、確かそうだったね？
フィービ　そういう約束だったわ。
ロザリンド　お前の方はフィービと結婚したいと言うのだね、もしフィービがそのつもりなら？
シルヴィアス　たとえフィービと結婚する事と死と、その二つが一つことを意味しましょうとも。

ロザリンド 私は以上の問題を一度に丸く治めて見せるとお約束しました……御言葉は必ずお守り下さいまし、公爵様、姫君をお与えになるという――あなたも、オーランドー、姫君を妻に迎えるという一言を、お前も守るように、フィービ、私と結婚するか、それが厭なら、この羊飼の妻になるという約束を、それからお前も守らなくてはならぬ、シルヴィアス、もしこの女が私を厭だと言いだしたなら、お前はこの女と結婚するという約束を――ところで、私はひとまずこの席を外させて頂きます、これらの懸案を一挙に解決するために。（シーリアを手招きして、一緒に去る）

公爵 今更のようだが、あの若い牧場主には、色々娘の面影に生写しのところがある。

オーランドー 公爵、私も初めてあの男を見た時、姫君の御兄弟ではないかと思いました、しかし、あの若者は森の中で生れて、様々の怪しげな術を手ほどきされております由《よし》、教えてくれた叔父というのは、この森のどこかに隠れ住んでいる傑《すぐ》れた魔術師との事にございます。

タッチストーンとオードリーが空地に入って来る。

ジェイキス こいつはどうも、近いうちに開闢《かいびゃく》以来二度目の大洪水があるらしい、で、このノアの方船《はこぶね》めざして番《つが》いの群れが続々詰めかけて来るという訳だな。唯今《ただいま》御到着の一対は世にも不思議な怪獣で、どこの国の言葉でも均《ひと》しく阿呆《あほう》と称されている奴《やつ》だ。
タッチストーン　皆様、何とぞよろしく！
ジェイキス　公爵、良く来たと言葉をかけてやって頂きとう存じます、私が森でよく出会った脳味噌《のうみそ》の斑《まだら》な先生がこのお方、当人の言葉によりますと、かつては宮仕えした経験もあるとか。
タッチストーン　怪しいとお思いになるなら、誰方様《どなたさま》でも、さあ、お試し下さいまし。これでも、かつては御殿で雅《みや》びな舞踏をやった事もある――甘い言葉で貴婦人の御機嫌を取った事もある――身方には策を弄《ろう》し、敵には旨《うま》く取入った事もある――仕立屋は三軒も踏み倒す――喧嘩《けんか》口論四回、その上あわや決闘という際《きわ》どいのが一度。
ジェイキス　で、どう話を附けたのだ？
タッチストーン　それがです、いざ立合いとなって、その決闘の根拠が第七原因にあるという事になりましてね。
ジェイキス　何、第七原因だと？　公爵、なかなか面白い奴でございましょう。
公爵　大いに気に入った。
タッチストーン　ありがたき仕合せ、そのお気持の変りませぬように……それがし、ここに群がる山出しのくっつきたがりの中へ割り込んで参りましたのは、ほかでもない、結婚が男女を合わせ、本能が夫婦の仲を裂くに随《したが》い、臨機応変、誓いを立てたり破ったりするためでして……（オードリーの方に手を振って）まことにお粗末な乙女、至って無器量な娘にございますが、ともあれ、あれもそれがしのもの――ほかに引取り手の無いものを引取るなど、もってのほか、全くもって恋は思案のほかにございます、が、殿様、操《みさお》という宝は吝嗇坊《けちんぼう》と同様、粗末なあばら屋に住んでおりますもの、見事な真珠が見ばの悪い牡蠣《かき》に心中立てしておりますようなもので。

公爵　なるほど、気のきいた名文句を矢継早にまくしたてる。

タッチストーン　阿呆の矢種《やだね》はすぐ尽きるとか、それがしのお喋《しゃべ》りもその種の結構なお荷物でございます。

ジェイキス　それより、さっきの第七原因というのを説明しろ。どういう訳でその決闘の根拠が第七原因にあるということになったのだ？

タッチストーン　つまり、口論の手続を七度繰返して出て来る虚偽が因《もと》になっているのでして……おい、もっとしゃんとするのだ、オードリー……それはこういう事なので、それがし、さる宮廷人に向って、その髯《ひげ》の刈りようが気に食わんと申しましたところ、お前がどう言おうと俺はこの髯の形が良いと思っている、とそう言葉を返して来ました、さて、これが「慇懃《いんぎん》なる口返答」というやつでございます。そこでもしそれがしが二たび「髯の刈りようがよろしくない」そう言葉を返したとする、それに対し相手はきっと言葉を返し、自分の好きなように刈っているのだ、と申しましょう、これが「穏健なる毒舌」というやつでございます。そこで更にこちらが「髯の刈りようがよろしくない」とやれば、相手はそれがしの見識にけちを附けて参りましょう、これが「乱暴なる逆ねじ」というやつ。そこでもう一度「髯の刈りようがよろしくない」とやれば、お前は真実を述べていないと答えて参りましょう、これが「勇敢なる非難」というやつでございます。続けて、「髯の刈りようがよろしくない」とやれば、お前は嘘《うそ》つきだと来る、これが「攻撃的反論」というやつ、こんな調子で次は「間接的虚偽」になり、その次が「直接的虚偽」へと進む訳でございます。

ジェイキス　で、お前は何度「髯の刈りようがよろしくない」と言ったのだ？

タッチストーン　精々「間接的虚偽」の段階までで、さすがにそれ以上は進めませんでした、相手の方も及び腰で、「直接的虚偽」まではついに到《いた》り得ませんでした、という訳で、お互いに剣を合わせて長さを較《くら》べっこしただけで、お別れにしたという次第でございます。

ジェイキス　その虚偽の七つの段階をもう一度順序立てて言えるかね？

タッチストーン　そりゃあもう、手前共の口論は版で押したように正確無比――本に書いてあるとおりに行われます、その点、皆様の礼儀作法と御同様でして……さて、その段階を逐一列挙して御覧に入れましょう。第一「慇懃なる口返答」、第二「穏健なる毒舌」、第三「乱暴なる逆ねじ」、第四「勇敢なる非難」、第五「攻撃的反論」、第六「間接的虚偽」、第七「直接的虚偽」……以上、すべての場合、決闘は避けられます、もっとも「直接的虚偽」の場合は例外、いや、それすら逃げられる、即ち《すなわ》「仮に」という一語を附け加えておきさえすればよろしい。かつて裁判官が七人掛りでも話が附かなかった揉《も》め事がございましたが、いよいよ当人同士が顔を合わせる段階になりまして、その一方が計らずも「仮に」という一語に想《おも》い到りましたと思《おぼ》し召せ、たとえば「仮に、あなたがかくかくしかじかと言うとする、それなら吾輩《わがはい》はかくかくしかじかと答える」という調子で、ついに二人は手を握り合い、兄弟の契《ちぎ》りを結ぶに至ったという事でございます。「仮に」こそ唯一《ゆいいつ》無比の仲裁役、その徳、広大無辺なるはこの「仮に」の一語。

ジェイキス　こんな奴は滅多におりますまい、公爵？　何を喋らせてもこの調子で実に気がきいている、それでいて、なおかつ阿呆《あほう》ときている！

公爵　己れの阿呆を隠れ蓑《みの》に使って忍び寄り、その蔭《かげ》から機智《きち》の矢を浴びせて来るという訳か。

婚姻の神ハイメンとその従者たちに扮《ふん》した人々が仮面劇さながらに登場する、それぞれ本来の身装《みな》りに返ったロザリンドとシーリアも一緒に出て来る。静かな音楽。

ハイメン
大地、収まりて相和せば
天に喜び満つるべし
公よ、汝《なんじ》の娘を受けよ
ハイメン天より連れ来《きた》ればなり
然《しか》り、今ここに連れ来ればなり
いざ、姫の手をこの若者の手に
若者が心、既に姫の胸中《むなち》にあればなり

ロザリンド　(公爵に)御前にこの身を捧げます、私は父上のものでございますから。(オーランドーに)あなたにこの身を捧げます、私はあなたのものでございますから。

公爵　真実が見掛けどおりのものならば、お前は確かに私の娘。

オーランドー　真実が見掛けどおりのものならば、あなたは確かに私のロザリンド。

フィービ　目に見える姿形、それがそのまま真実なら、ああ、どうしよう、私のいとしい人、もう二度と会えない！

ロザリンド　あなたが父でなければ、私に父はございません、あなたが夫でなければ、私に夫はございません、それから、私はどんな女とも結婚致しません、お前がその相手でない限り。

ハイメン
鎮《しず》まれ！　これより糸のもつれを解きほごさん
世にも不思議なこの成行も
　結末つけるは吾が務めなり
まことがその名の如《ごと》くまことにあらば
これなる八名、手に手を取りて
　ハイメンの夫婦の契り結ぶべし
そなたとそなた、いかなる苦難もその仲を裂く能《あた》わず
そなたとそなた、一つ心に結ばれてあり
そなたはこの若者の愛に靡《なび》くか
然らざれば女性を己が主となさざるべからず
そなたとそなた、二人の仲は

さながら冬と嵐の間柄
婚儀を祝う吾《われ》らが歌に耳傾けつ
互いに不審の事をば訊《たず》ね合え
かかる出遭いの不思議もやがて
解けて万事めでたく納まらん
（従者たちと共に）
婚礼こそは大いなる女神ジューノーの栄え
　おお、めでたきかな、共に食い、共に眠るこの契り
町々に民を殖《ふ》やすはこのハイメンなり
　されば讃《たた》うべし、夫婦の道
讃えに讃えん、世に弘《ひろ》めん
その名はハイメン、町の神！

公爵　おお、姪《めい》ではないか、この身にとっては娘も同じ、よく来てくれた、歓迎するぞ。

フィービ　（シルヴィアスに）約束は破りません、もうあなたは私のもの、あなたの真

心が私の想いを引留め、それをあなたに結び附けてくれたのだもの。

ジェイキス・ド・ボイス登場。

ジェイキス・ド・ボイス どうぞお聴き取り願わしゅう存じます、ほんの一言か二言、私は騎士ローランドの次男にございますが、この佳《よ》き集いの席にお知らせを持って上りました。ほかでもない公爵フレデリック殿は、天下の逸材とも申すべき方々が日ごとにこの森に寄り集うている由を伝え聞き強大な兵力を整え、みずから指揮して軍を進め、ここにおいでの兄君を襲い、刃《やいば》にかけて無きものにもなさろうとの魂胆、かくしてこの原始林のはずれに到着されたのでございます、ところが、そこでたまたま一人の老僧に出遭い、暫《しば》しの問答を交わされましたところ、公には飜然《ほんぜん》として心をお入替えになり、先の企てはもちろん御放棄、あまつさえ世捨人たらんとの御決意、公爵の地位は追放の兄君にお譲り渡しになると同時に、兄君と共に流謫《るたく》の地にある方々にも、それぞれの所領をお返しするとの仰《おお》せでございます……以上、嘘偽りはございませぬ、命にかけて誓います。

公爵 よく来てくれた、お前の兄弟二人の結婚式には何よりの贈物、一人にはその没収された土地を、他の一人にはまさに全領土を、即《すなわ》ちやがて受け継ぐべき公爵領そのものを齎《もたら》したのだ。ところで、まずこの森の中で事の決着をつけておこうではないか、めでたくもこの森で始まり、この森で実を結んだ事の成行を。その後に、この仕合せな一団の人々に、私と共に艱難《かんなん》の日夜をよく堪え忍んでくれた者たちすべてに、二たび吾が手に帰した幸福の果実を、身分に応じて分け与える事にしたい。それまでは、今不意に降りかかって来た厳《いかめ》しい肩書を忘れて、吾らの鄙《ひな》びた祝い事に専念するがよい……さあ、音楽を！　花嫁、花婿《はなむこ》、皆揃《そろ》って、こよなき歓《よろこ》びに浸り、結婚を寿《ことほ》ぐ厳《おごそ》かな踊りを。

ジェイキス　公爵、暫《しばら》くお許しを……（音楽を止めさせ、ジェイキス・ド・ボイスに）私の聞き誤りでなければ、フレデリック公には世捨人の生活に入り、華やかな宮廷生活に見切りをお附けになったと言ったな？

ジェイキス・ド・ボイス　さようでございます。

ジェイキス　あの方の所へ行こう、そのように悔い改めた人にこそ、聞くべき事、学ぶべき事が多々あるもの……（公爵に）かっての栄《は》えある地位にお即《つ》きを、公の御忍耐と御高潔は十分それに値致しましょう、（オーランドーに）あなたは愛する人の胸に、そのひたむきな忠実にとって当然の報いだ、（オリヴァーに）あなたには、あなたの領地を、そして恋人を、更に公爵家との結び附きを、（シルヴィアスに）お前には待ちに待った、そしてお前だけが受けるにふさわしい新床を、(タッチストーンに)そして、お前は喚《わめ》き合いの夫婦喧嘩を、そうだろう、お前の恋の船路には二月分の食糧しか用意されていないのだからな……さあ、皆さん、精々お楽しみになるがよい、この私は踊りには向いていないのだ。

公爵 待て、ジェイキス、待ってくれ。

ジェイキス 浮かれ騒ぎは見たくはありませぬ、何か御用とあらば、お待ち申上げましょう、もう御用の無くなったあの洞窟《どうくつ》で。(一同に背を向けて去る)

公爵 さあ、すぐ始めるがよい、厳かに儀式を、必ずやまことの歓びに幕を閉じるであろう。

音楽と舞踏

エピローグ

ロザリンドが述べる。

女だてらに幕切れの口上とは、当節あまり流行《はや》りませぬ、でも、男役の座頭《ざがしら》が前口上を述べるのに較《くら》べましたら、まだしもでございます。まことの美酒なら酒屋の軒先に蔦《つた》の飾りは要らぬ筈《はず》、良き芝居とて同じ事、幕切れに口上は要りませぬ、とは申しますものの、芳醇《ほうじゅん》な美酒には必ずそれにふさわしき見事な蔦の飾りが吊《つる》されます、同様、良き芝居もまた良き口上に助けられ、その値打ちをいや増すもの……いえ、そうなりますと、私の出場《でば》は無くなります、もともと良き口上役でないばかりか、皆様に取入って良き芝居をお見せする能も無いこの私！　それに、この装《な》りでは、まさか乞《こ》食《じき》のように平身低頭、おねだりする訳にも参りませぬ、私に残された道は唯真面目《ただまじめ》なお願いだけ、まず御婦人方から始めましょう。唯一言、どうぞ皆様が殿方にお寄せになる愛にかけて、この芝居、お気に召しませば何より、それから殿方にも一言、皆様が御婦人にお寄せになる愛にかけて――それ、そのようにすぐににやにやなさる、御婦人がお嫌いの殿方はまずおいでにならぬらしい――何とぞこのお芝居が、そしてあなた方自身の鴛鴦《おしどり》ぶりが、あなた方と御婦人方の双方に御満足を与えますように。もし私がまことの女でございましたなら、喜んで口附けをさせて頂きます、私の気に入った髯《ひげ》、好もしい顔、憎からぬ息づかいをお持ちの方々に、一人残らず、それ故《ゆえ》きっと、立派な髯、立派な顔、かぐわしい息をお持ちの方々は、私の心を籠《こ》めた贈物を黙ってお見過しにはなりますまい、こうして頭を下げて御挨拶《あいさつ》申し上げれば、お別れのお言葉くらいは掛けて下さいましょう。

解　題

福田恆存

一

『お気に召すまま』の出版は作者死後の最初の戯曲全集、即《すなわ》ち一六二三年刊の第一・二折本に収録されたのが最初で、これ以外に拠《よ》るべき原本は無い。作者生前の一六〇〇年八月四日附で『ヘンリー五世』『空騒《からさわ》ぎ』及びベン・ジョンソンの『人さまざま』と共に、この作品も登録されてはいるが、それは当時作者が属していた侍従長劇団が海賊版の出るのを警戒して打った手であり、実際に出版された事を意味しない。『空騒ぎ』の方は右の措置の行われた日から三週間目の八月二十三日に出版され登録されているが、『お気に召すまま』にはその記録が無い。という事は、後者はまだ上演中であったか、あるいは少なくともその年一杯くらいは再演が予想されていたか、そのいずれかであって、劇団側としては出版を許す気にならなかったのであろう。

その事実から推測して、『お気に召すまま』は当時の最近作であり、恐らく一五九九年の末か一六〇〇年の始めに書かれたものと考えられる。しかし、それだけでは、一六〇〇年の夏に上演中だった『お気に召すまま』が新作であったと断定する訳には行かない。『ハムレット』や『マクベス』のように、シェイクスピア自身の旧作の改稿であったかもしれないのである。いや、寧《むし》ろそう考えたほうが辻褄《つじつま》の合う点が多い、そうドーヴァ・ウィルソンは言う。この作品は全篇の六割までが散文で書かれている。が、そのうち数箇所は明らかに定型無韻詩に少し手を入れて散文化したものであり、またその他にも詩の痕跡《こんせき》こそ留《とど》めていないが、改稿時に散文に書き改めたと思われる箇所が多いというのである。もちろん、飜訳では納得してもらえぬであろうが、その間の事情は次の諸事実からおよそ推察し得るものと思う。

まず第一幕第二場で相撲が済んだ後、現公爵《こうしやく》フレデリックらが退場してしまってから、オーランドーが最初に言うせりふに「……たとえフレデリックの養子になり」(三二ページ) というのがあるが、このフレデリックは明らかに簒奪者《さんだつしや》の現公爵の事であり、また最後の第五幕第四場でジェイキス・ド・ボイスが登場して旧公爵に向い「……ほかでもない公爵フレデリック殿は」(一六五ページ) と語りかける、それも同じく現公爵の事である。フレデリックという名が出て来るのは右二箇所のほかには第一幕第二場の始めの方でタッチストーンが登場して来てロザリンドに「お父様の老フレデリック様お気に入りの」(二三ページ) という処《ところ》だけであるが、この方は言うまでもなく追われた旧公爵を意味している。ところで、現公爵を差している上記二箇所は定型詩で書かれており、旧公爵を差している後者は散文で書かれているのである。ウイルソンに拠れば、このタッチストーンの部分は改稿の時に新しく書き加えられたもの、それも相当の年月を経ていて、作者の記憶が曖昧《あいまい》になり、うっかり兄弟の名を間違えたのではないかという事になる。ついでに言えば、その後のフレデリックの登場(二七ページ)から力士チャールズの退場(三一ページ)までは定型詩の痕跡《こんせき》が随所に窺《うかが》われ、更にその後から第二場の終りまでは今日もなお定型詩のまま残っている箇所である。

第二に、最初の第一幕第一場で始めて力士チャールズが登場して来た時、「新しい主人を迎えた公爵邸から何か新しい知らせでも?」(一五ページ) というオリヴァーのせりふ、及びそれに続く二人の会話から、現公爵の簒奪はごく最近に起った事件と見られるのに、第一幕第三場ではシーリアが父に向って、ロザリンドの父の旧公爵が追われた時の事を語り、「あの頃、私はまだ若過ぎて」(三九ページ) と言っており、また第二幕第一場冒頭の旧公爵のせりふ「慣れてしまえば、こういう日々の暮しも」(四三ページ) 以下では、吾々《われわれ》は彼の森棲《もりず》まいが相当の歳月を経ているという印象を懐《いだ》かせられる。この場合も後二者が定型詩の箇所で、最初のが散文になっており、察するところ、旧作では、旧公爵が追われてアーデンの森に逃げて後、数年を経た時からこの芝居は始まっていたのを、散文化の改稿の際、作者はすっかり忘れてしまったらしい。

第三に、第一幕第二場の終りでル・ボウがオーランドーにシーリアの事を「……とにかく、小柄の方がお訊《たず》ねの姫」(三四ページ) と答えているが、これはマローンの校訂以来の事で、第一・二折本では「背の高い方が」となっており、それに反して第一幕第三場の終りでロザリンドが男装する事に思い附いた時「……普通以上に背の高い私の事だから」(四一ページ) とある。そこからウィルソンはこう推測する、第一稿の時はシーリア役を演じた少年俳優はロザリンド役のそれより丈が高かったのだが、数年後の改稿時には後者は別の丈の高い少年によって演ぜられたか、あるいは同じ少年が育って大きくなってしまったか、いずれかの理由により、第一幕第三場で右のように変えたのであろうと。

以上の考証はこの作品の執筆年代に関係して来る。改稿が一五九九年ないし一六〇〇年としても、第一稿はそれより数年前に書かれたと考えるのが自然である。のみならず、第三幕第五場にシェイクスピアが尊敬していた劇詩人マーローの「一目で恋に落ちずして、誰か恋を知ると言う」（一一三ページ）という一句が引用されているが、そのマーローが死んだのは一五九三年五月三十日である。そればかりではない、マーローはデトフォード・ストランドの宿屋の一室で、宿銭が因《もと》で起った喧嘩《けんか》のために殺されたのであるが、第三幕第三場の始めに出て来るタッチストーンのせりふ「せっかく書いた詩が人に解《わか》ってもらえなかったり、気のきいた頓智《とんち》が理解力あるおませな子供に受けとめられなかったり、これほど応《こた》える事は無いね、小部屋を宛《あ》てがわれて法外な宿銭を請求されるより恐ろしいよ」（一〇〇ページ）はその殺人事件を当て込んだものだという。もしそうなら、その時事的な当込みが一六〇〇年まで効果を発揮するという事は考えられず、第一稿は精々一五九三・四年に書かれたものだと考えるのが至当である。なおその他の内証からウィルソンは『お気に召すまま』を一五九三年夏の執筆と見なしている。しかし、一六〇〇年の加筆原稿から現存の一六二三年版第一・二折本まで、全く誰の手も加わらなかったとは言えない。第五幕第四場のハイメン登場の箇所はウィルソンらの指摘を俟《ま》たずとも、その唐突と異教趣味とは吾々の目にも不調和に映る。恐らくシェイクスピアの死後、誰かが補足したものであろう。それがそのまま劇団の後見台本として残っていて、第一・二折本刊行の時の原本となったのに違い無い。

二

この作品の材料となったものはトマス・ロッジの伝奇小説《ロマンス》『ロザリンド、即ちユーフュイーズ物語拾遺』（一五九〇年）である。一方、チョーサーが『カンタベリー物語』を書くために利用しようとして保存していた原稿の中に作者不明の『ギャミリン物語』（一四〇〇年）という九〇二行ばかりの物語詩があって、これは一七二一年まで刊行されなかったが、ロッジはそれを原稿のまま読んでいたらしく、あるいはシェイクスピア自身もロッジの作品だけでなく、この方も読んでいたかもしれぬと言う学者もいる。

『ギャミリン物語』の梗概《こうがい》は次のとおりである。（そこに登場する人名の下には括弧を附し、『お気に召すまま』においてそれと対応する人名を書き添えておく）騎士ジョハン・オヴ・ボウンディス（ローランド・デ・ボイス）は三人の息子を持っていたが、遺言により上の二人には土地五鋤《すき》分（一鋤は一箇年八頭の牛から成る鋤車によって耕される面積、通常一二〇エーカー）を与え、その残りを末子のギャミリン（オーランドー）に譲って死んだ。しかし、長男はその事実を隠してギャミリンを酷《むご》く扱い、ギャミリンが成年になって自分の権利を知って抗議すると、召使達に命じて体刑を加えようとしたので、ギャミリンは擂粉木《すりこぎ》で彼らを追い払い、一時は難を免れたが、長男はなお機会を狙《ねら》っている。

一方、ギャミリンはたまたまその地方で草相撲が行われる事を聞き知り、馬で見物に出掛けるが、或《あ》る郷士が二人の息子を仕合いで殺され歎《なげ》き悲しんでいるのに同情し、彼らを殺した力士に挑戦して、その片腕と肋骨《ろっこつ》三本を折り、褒美《ほうび》に牡羊《おひつじ》と指環《ゆびわ》を貰《もら》って引揚げる。ところが、家に帰ってみると、兄は彼に閉出しを食わせ、中に入れようとしない。ギャミリンは激怒して門番に摑《つか》み掛り、ついに相手を殺して、その死骸《しがい》を井戸に投げ込んでしまう。しかも、その後七日七晩、大勢の友達を集めて盛んに飲み食いに興じ、一向参る様子も無い。それを見て、兄の方は仲直りがしたいと申出るが、唯《ただ》その条件に門番を殺した罰としてギャミリンの手足を縛ったまま話合いたいと言う。人を信じ易《やす》いギャミリンがそれに応じて縛に就くや否《いな》や、兄は世間に向って弟の狂気を言い触らし、縛めを解かず、食物も与えずに放っておく。ギャミリンは飢死にしそうになり、賄方《まかないかた》のアダム（同名）に救いを求める。アダムは彼の縄を解き、食物を与えた後、もう暫《しば》く今までどおり縛られた振りをしているように奨《すす》め、次の日曜日、僧侶《そうりょ》を招いて祝宴がある筈だから、その機会を利用しようと言う。当日、アダムの合図で客達の隙《すき》を狙い、二人は兄に足枷《あしかせ》を掛け、乱闘の末、ついに逃亡に成功する。

しかし、森に逃げ込んだ二人は道に迷い、飢えに苦しむ。弱り果てたアダムを力附けながら歩き回るギャミリンは、突然、七人の若者が円座を組んで猟の獲物《えもの》を食っている場面に出遭い、その歓迎を受けて、彼らアウト・ロウ達の頭目に迎えられる。長男の方はその後シェリフになり、ギャミリンの公民権剝奪《はくだつ》を命じる。ギャミリンは一度投獄されるが、次兄のオート（ジェイキス・ド・ボイス）が保釈保証人となり、ギャミリンは二たび森に戻る。しかし、約束の次期公判の日になってもギャミリンが戻って来ないので、長男のシェリフは次兄を捕える。それを聞き知ったギャミリンは部下を引連れ、次兄を救い出し、長兄を絞首刑にしてしまう。その後、この「ロビン・フッド」は王と和を結び、王室料林の治安判事となり、次兄の養子となり、美しく操正《みさお》しい妻を得て幸福に暮す。

以上の言わば男性的な、しかし殺伐な物語がロッジの『ロザリンド』では、遥《はる》かに牧歌的になり、恋愛が主題の中心部に出て来ている。まず『ギャミリン』と異なる点は、騎士ジョン・オヴ・ボルドーは末子ロザダー（オーランドー）に遺産の大部分を与えている事である。また次子ファーナンダイン（ジェイキス）は学者でパリに留学中という事になっている。長子サラディン（オリヴァー）がロザダーを奴隷《どれい》の如《ごと》く扱い、その抗議を受けるまで財産を横領していたり、争いの後で一時和解を申出たりするのは、『ギャミリン』をそのまま踏襲している。それと異なり、かつ『お気に召すまま』に利用されている筋は王位簒奪者トリスモンド（フレデリック）と先王ゲリスモンドを登場させた点、その先王がアーデンの森でアウト・ロウの生活をしている点、更に先王の娘ロザリンド（同名）を登場させ、それをトリスモンドの娘アリンダ（シーリア）と共に宮廷に留《とど》まらせた点などである。相撲はトリスモンドの命の下に行われ、ロザダーがそれに加わるのは、実は兄のサラディンに奨められたからであり、サラディンはあらかじめノルマンの選手を雇っておいて、それに弟を殺させようという企《たくら》みがあるのだが、この点もシェイクスピアはロッジに負うている。またロッジは相撲の始まる前にロザダーをロザリンドに会わせ、恋に陥らせているし、ロザリンドの方も目色に想《おも》いを現わし、ロザダーを励ましている。勝負の後で、ロザダーの家柄が解り、ロザリンドから宝石を貰う点も『お気に召すまま』と同じである。ロザダーはギャミリンのように閉出しを食わされても殺人は犯さず、オーランドーと同じにロザリンド讃美の詩をひねくりまわす。アダム（同名）は父親時代からの老僕で、ロザダーを助け、サラディンとの仲を取持とうと努める。

更にロッジはロザリンドとアリンダを追放の憂目《うきめ》に遭わせ、アーデンの森に迷い込ませているばかりでなく、ギャニミード、エイリイーナの変名を用いさせている。またモンタナス（シルヴィアス）、フィービ、コリドン（コリン）等の田舎者も既にそこに登場しているのである。ロザダーがアダムに助けられて逃亡し、森に入り込むのは『ギャミリン』と大体同工だが、飢えてもアダムの方がロザダーより弱らず、自分の血をロザダーに与えようと申出て、それがロザダーに最後の勇気を振絞らせ、やがて二人は前王ゲリスモンド達の所に到着する。この点は『お気に召すまま』は『ギャミリン』に近い。

次にサラディンはトリスモンドに捕えられ、追放される。彼は前非を悔いて弟を探しに出掛ける。それから話は二たび森の中に戻り、ロザダーが木に恋の歌を彫りつける話や、二人の娘に出遭って、さんざん嬲《なぶ》られる話が出て来る。ギャニミードはロザリンドなどという女は諦《あきら》めて、このエイリイーナに乗り換えろと奨め、ロザリンドの役を演じて、ロザダーの心を確かめようとしたり、エイリイーナの発案で結婚式のまね事が行われたりする。そのうちサラディンも登場して来て、獅子《しし》に襲われようとするところをロザダーに助けられ、続いてエイリイーナが悪者に摑まり、淫蕩《いんとう》な父のトリスモンドに売られようとする寸前、ロザダーと一緒に救助し、サラディンとエイリイーナとの間の恋が成立する。フィービに対するモンタナスの不幸な恋をギャニミードとエイリイーナとが覗《のぞ》き見し、ギャニミードが割って入って、フィービを叱《しか》る処も、フィービがギャニミードに一目惚《ぼ》れし、相手から「自分が万一女と結婚するなら必ずお前とする」と答えられる処も、既にロッジの中に出ている。もちろん、最後は前王の前ですべてが明るみに出され、めでたしめでたしで終る。『お気に召すまま』と異なり、ロッジでは前王がトリスモンドと一戦を交え、トリスモンドは戦いに敗れ、殺される事になっている。

以上の梗概から察せられるように、『お気に召すまま』の源流と見なされる二作品には全く影も形も無く、シェイクスピアの手によって始めて造り出された人物というのは、旧公爵に仕える貴族の一人ジェイキスと、新公爵に仕えながらシーリアに随《したが》って宮廷を出た道化タッチストーンと、この二人の皮肉屋だけである。

三

まず『空騒ぎ』の解題三（新潮文庫二九五ページ）の喜劇執筆年代表、及び『リア王』の解題三（同一九九ページ）の悲劇執筆年代表を参照して頂きたい。『お気に召すまま』はいわゆる喜劇時代の最後に属する『空騒ぎ』の直後に書かれたものであり、またいわゆる悲劇時代の冒頭に、即ち『ジュリアス・シーザー』『ハムレット』執筆の直前、或《あ》るいはそれと同時期に書かれた喜劇である。なお『空騒ぎ』の解題で触れておいたように、これは『じゃじゃ馬ならし』『空騒ぎ』等の風俗喜劇的なものとは系統を異にして、寧《むし》ろ『夏の夜の夢』『ヴェニスの商人』に繋《つな》がり、シェイクスピア最後の作品『あらし』において完成を見る浪漫喜劇的なものである。

しかし、クイラクーチは『空騒ぎ』の場合と同様に、この『お気に召すまま』においても、登場人物の「自己欺瞞《ぎまん》」を重視している。それが何を意味するかは、もう一度『空騒ぎ』の解題を振返って頂きたい。そこに私はこう述べておいた。

『空騒ぎ』という作品は、もし現代の作家が採上げたら、恐らく意地の悪い諷刺《ふうし》劇になりかねぬ皮肉な作品である。登場人物に対する作者の態度が、いささか現代的であり、批評的なのだ。殊《こと》に主人公のベネディックとベアトリスに関してであるが、この作品は「自己欺瞞の喜劇」と呼ばれて来た。作者はこの二人に対して、「お前達の女嫌い、男嫌いというのはみずからを欺《あざむ》くものだぞ」と言っているように思われるからであろう。が、それはもう一歩進めれば、といって、作者がそこまで意識していたと言うのではないが、二人が自己欺瞞を捨てて手を取合った時、「それもまた別の自己欺瞞ではないか」という声がどこかから響いて来るような気がしないでもないという事だ。

クイラクーチではないが、確かに『お気に召すまま』においても似たような事が言える。ベアトリス＝ベネディックと同様に、ロザリンド＝オーランドーも、互いに恋の決定から逃れようとしているかのように見える。『空騒ぎ』における男嫌い女嫌いという設定は無いが、ロザリンドは男装によって相手からも自分からも韜晦《とうかい》し、相手の、そして自分の本心を確かめようとしているからである。オーランドーにしても、ギャニミードが目ざすロザリンドである事に終始気附かずにいるというのは不自然で、寧ろ気附くのを恐れ、気附きたがらぬと解釈したほうが自然である。だが、そう言えば、恐らく次のような反問が出るであろう。その方が自然だというのは現代人の合理主義的・心理主義的な解釈ではないか。ロザリンドについても、自己欺瞞、自己韜晦というのは穿《うが》ち過ぎで、それは既にロッジにもあるように、相手が自分に夢中である事を十分に承知の上で、安心して恋の遊びをしているのではないか。そして、こういう趣向はロマンスには珍しくなく、更に『間違い続き』などに見られるように、人違いや双生児による喜劇的混乱はギリシア以来の常套《じようとう》的な作劇術に過ぎぬものではないか。

言われるまでもなく、そのとおりである。クイラクーチが「自己欺瞞の喜劇」と言う時、恐らくそれらすべての事を前提としての話に相違無い。彼はこの作品におけるアーデンの森の「魔力」を強調している。彼に拠《よ》れば、「アーデンを知るには、イングランドの心臓を覗き見、濠《ほり》に囲まれた島の緑濃き唯中に囀《さえず》る鳥の声を聞かねばならない。恐らくそのためであろう、あらゆるシェイクスピアの作品のうちで『お気に召すまま』に限り、海峡を越え大陸に渡って、彼の賞讃者、読者、批評家にいまだかつて理解された例が無いのである」シェイクスピアの故地ウォリックシャーを埋めるアーデンの森の五月の美しさは、既に『夏の夜の夢』でお馴染《なじ》みのものである。なるほど『お気に召すまま』においては、それ程の自然描写は無い。が、シェイクスピアが、そして当時の見物がこの森を一種の桃源郷と見なし、その約束の下にこの作品が書かれ観《み》られた事は明らかである。そしてクイラクーチは次のように吾々の注意を促している。

このアーデンの森に迷い込んで来る逃亡者達は、申合せたように疲れた脚を引きずり、弱り果てているという事実に注目してもらいたい。ロザリンドは溜息《ためいき》をついて言う、「ああ、ジュピター！ すっかり心の張りを無くしてしまいました！」ついでに言えば（クリスト教徒であるのに）このようにジュピターの名を口にするのも、いつの間にか（あのトロイア王の子で、美しかったためジュピターに連れ去られ、その小姓にされた）ギャニミード（というギリシア神話の登場人物）の役を演じているかのようである。それに対してタッチストーンは答える、「心などどうでも構いはしませんよ、この脚さえ疲れていなければね」シーリアもこう言う、「御免なさい、でも、もう一足も歩けないの」（以上第二幕第四場）同様、少し後で（第二幕第六場）、老人のアダムが似たような事を言っている、「旦那《だんな》様、これ以上とても無理です」更に忘れてならぬ事は、オリヴァーも裸足《はだし》で襤褸《ぼろ》を纏《まと》って、森に這入《はい》って来るのだが、打ちのめされたように疲れきっていて、深い眠りに落ち、蛇が首に巻き附いていても目を醒《さ》まさない。唯一《ゆいいつ》の例外は膂力《りょりょく》衆に秀《すぐ》れたオーランドーだけで、彼だけが楽に旅を続ける。

しかし、旧公爵《こうしゃく》を始め、すべての者にとって、もちろんオーランドーにとっても、アーデンの森は厭《いと》わしき現実の世界に対置された桃源郷であって、そこに働く「魔力」は争いや憎しみに疲れた心を癒《いや》し、失意を慰めてくれるものなのである。この芝居の最後で、フレデリック公爵が一修道僧の言葉により、戦わずして去り、悔いて位を退くというのも、やはり森の「魔力」の働きであり、これはロッジの『ロザリンド』には無い、シェイクスピアの思附きである。改めて言うまでもなく、この「魔力」の働きは『あらし』において、遥かに意識的に前面に押し出されて来るのだが、それについては改めて述べる。要するに、アーデンの森という仮象の世界を前提としなければ、『お気に召すまま』は理解できない。それを一つの約束事として受入れてしまえば、オーランドーがギャニミードをロザリンドと知っていたのかいないのかというリアリスティックな詮議《せんぎ》立ては大した意味の無い事になってしまうし、その他の「馬鹿《ばか》らしさ」も結構楽しい笑いの種になる。

シェイクスピアは図式的な作劇術に随って、旧公爵と現公爵、オーランドーとオリヴァーという二組の兄弟を併置し、それを更に善悪の対置として描いており、いずれも「勧善懲悪」の枠内《わくない》で処理している。またロザリンドとシーリアの存在も対照的であり、その二人をそれぞれオーランドーとオリヴァーの兄弟と結婚させているのも対照的である。のみならず、シルヴィアスとフィービ、タッチストーンとオードリー、この二組の男女の恋愛、結婚という組合せも図式的であり、またこれらが前二者に対して身分的に対立しているのも図式的である。が、こういう図式化は当時の伝奇、喜劇の約束事であり、シェイクスピアはそれを森の「魔力」で正当化しているのである。が、それだからといって、クイラクーチの「自己欺瞞」説を牽強附会《けんきょうふかい》の言として卻《しりぞ》けてしまう訳には行かない。

なぜなら「自己欺瞞」という意識の分裂は劇というものの、少なくともシェイクスピア劇の本質に関わるものだからである。ハムレット、マクベス、リア、オセロー、これらの悲劇的主人公も果して「自己欺瞞」に囚《とら》われていなかったかどうか、それを考えてみるがよい。在りのままの自分と、みずからそう在りたい自分との間の分裂、そこからシェイクスピア劇は始まる。いや、そういう事に対する強烈な自己意識から、シェイクスピアの悲劇時代が開幕する。その時期に当る二つの喜劇作品『空騒ぎ』と『お気に召すまま』のうちにクイラクーチが「自己欺瞞」を読み取ったのは、必ずしも合理主義的、心理主義的な現代流の解釈とは言いきれぬのである。

殊にジェイキスとタッチストーンの役割は微妙である。ここでも作者は貴族と民衆とにそれぞれ諷刺家を対置しているが、いずれも主人に附合って現世を捨てて来た人物であるが、いずれも同様に森の中にあって、その森の仮象を信じていない。言わば、他の登場人物達が「魔力」に惑わされているのを傍観し、醒《さ》めて批評しているのである。なるほどタッチストーンはオードリーと結婚するが、それもまた宮廷道化としての附合いといった趣がある。愚に附合ってみずから愚を実演し、そうする事によって愚を批評し、しかもそれを肯定して受入れようとしているかのようである。『リア王』

の道化の前身と言える。

だが、ジェイキスの皮肉は更に意地が悪い。最後の幕で万事がめでたく納まり、旧公爵の流離の生活も終って、後は帰還と復位を待つばかりという時になって、それまで苦労して彼に附き随って来た忠実を裏切るようにフレデリックの下へ走ろうと言い出す、「あの方の所へ行こう、そのように悔い改めた人にこそ、聞くべき事、学ぶべき事が多々あるもの……」更に続けて旧公爵始め周囲の人々に祝福を述べた後で、「さあ、皆さん、精々お楽しみになるがよい、この私は踊りには向いていないのだ」「浮かれ騒ぎは見たくはありませぬ、何か御用とあらば、お待ち申上げましょう、もう御用の無くなったあの洞窟《どうくつ》で」と言い捨てて去る。下手な役者が演《や》れば厭味《いやみ》になりそうな人物である。が、彼には『リア王』のケント伯の面影が漂っている。

いずれにせよ、この二人の人物の点綴《てんてい》は、この作品が喜劇時代の終結と悲劇時代の開始の交錯点に立っている事を証《あか》ししていると言えよう。

解　説

中村保男

シェイクスピアは天才的な劇作家だったが、その作とされている殆《ほとん》どの戯曲の筋書やアイディアが彼の独創ではなかったということは注目に値する。『ヴェニスの商人』の解説にも書いたとおり、シェイクスピアはたいがい下敷として種本を使い、そこから劇の素材を借用した。そうしなかったのは『夏の夜の夢』と『あらし』ぐらいのものだが、それですら部分的には先人の作品に負っていて、『あらし』では当時の時事的な話題からヒントを得ている。

だが、先人の書き遺した歴史や物語などから材をとっていながら、シェイクスピアはあらゆる点で先人を凌駕《りょうが》した。第一に、すでに先人が戯曲を書いていた『ハムレット』などの例外はあるにせよ、シェイクスピアは物語や歴史を舞台で演じるためのドラマに書き替え、常に見事にこの劇化をなしとげた。

第二に、豊かで鋭い独特の人間観によって、登場人物の性格を種本の場合よりも複雑で厚味のあるものとして描くことに成功した。

第三に——これが最も重要だと私は思うのだが——作品全体のトーン（調子）をシェイクスピア独自のものに変えた。

以上の三点の変更が『お気に召すまま』ではどのように行われたか。それは福田氏の『解題』をお読みになれば分る。ロッジの物語をシェイクスピアがどのように脚色して独自の劇的世界を創《つく》り出したか、その足跡を辿《たど》ることはシェイクスピアの創造の秘密を理解する上で欠かせない。

福田訳シェイクスピアは、その翻訳文体の劇的迫力と持続した統一性だけでも凡百のシェイクスピア訳にまさる価値があるが、その巻末の『解題』に記された種本の詳しい紹介も甚《はなは》だ貴重である。福田訳以外の本にも訳者のあとがきで種本の名を紹介している場合はあるが、種本とシェイクスピア劇との筋書や人物の違いをこれほど詳細に比較分析した研究を紹介している訳書は他にない。『お気に召すまま』に限らず、読者が福田氏のこの種本紹介を熟読玩味《がんみ》されることを切に望むものである。

四百年後の現代においてさえもあれだけ多くの問題をはらんでいる複雑多岐な人間像と人間ドラマを創出する仕事にシェイクスピアがおのれの天才すべてを集中することができた大きな理由のひとつは、剽窃《ひょうせつ》とか盗作という非難を浴びることなしに、先人たちの作品の内容を自由に借用できたからなのだと私は思っている。

『お気に召すまま』と言えば、ああ、アーデンの森かと誰もが思う。それほどこの劇の主な舞台となっている自然林は有名だ。アーデンの森はフランスにあることになっているが、『お気に召すまま』を書いたときにシェイクスピアの念頭にあったのは、彼の育ったウォリックシア州のエイヴォン河畔にあるストウンレイの鹿園《しかえん》だったことは間違いない。鹿のいるその森で密猟をしたことが発覚してシェイクスピアは故郷に居たたまれなくなってロンドンへ出奔したのだという説さえあるくらいなのだ。おまけに、アーデンという名はシェイクスピアの母の旧姓でもあった。

福田訳『お気に召すまま』の原本となった「ニュー・シェイクスピア全集」を編纂《へんさん》したドーヴァー・ウィルソンはこう書いている。シェイクスピアが背景描写で初めて成功したのは『夏の夜の夢』の妖精《ようせい》の棲《す》む森であり、『ヴェニスの商人』の最終幕ではさらにその上を行ったが、それよりもなお雰囲気《ふんいき》効果醸成に成功したのは『お気に召すまま』のアーデンの森であり、これに匹敵するのは『マクベス』の暗夜と、『あらし』の孤島――たえず音楽が響きわたっているようなあのプロスペローの島だけである、と。

シェイクスピアはこうして『お気に召すまま』の主舞台を設定し、導入部である第一幕は、幾つかのミスにも気づかぬほど急《せ》いた気持に駆られて駈《か》け足で通り過ぎ、おめあての森でロビン・フッドのような野外生活を営んでいる追放者たちの中にあらたにロザリンドたちやオーランドーを送りこむ。その森の世界はいわばマジック・サークル（魔法圏）であり、黄金時代の理想郷アルカディアの再現であって、そこに一歩入ると、人は憂《う》き世の苦労を何もかも忘れて「何の煩《わずら》いもなく時を過す」ことができるという。

こう書いてくると『お気に召すまま』はのどかな牧歌劇だと言えそうに思えてくるし、事実シェイクスピアは同時代のジョン・リリーの宮廷喜劇の系譜を一部踏まえながらパストラル（牧歌）の文学的伝統を充分に生かしているという。

だが、『お気に召すまま』が、宮廷を離れた大自然の中で優雅に暮している〝世捨て人〟たちをただ牧歌的に描いただけのものであったなら、現代人には単なる逃避文学としか思われず、上演されることもなくなっていたろう。この芝居が今でも演じ方次第では充分に楽しめるものであるのは、実は、牧歌調ロマンスという基本設定の上にもうひとつ、牧歌調ロマンス諷刺《ふうし》という皮肉な層《レヴェル》がかぶさっているためなのである。

大体、シェイクスピアは社会のあらゆる階層の人たちを観客として想定して芝居を書いていたのであり、今とは逆に、劇場の平土間で立ち見していたのは下層市民であり、その多くは職人などの丁稚《でっち》奉公人だった。そういう人たちには、『お気に召すま』の真に迫った勧善懲悪のレスリング試合や、さまざまな場面で唄《うた》われる歌や、ロザリンドの変装の面白さなどが興味の的だったにちがいない。（女優がいなかった当時では、背の高い少年女形《おやま》がロザリンドに扮《ふん》し、従って、その少年は男に変装する女の役を演ずるというややこしい仕事をこなさなければならなかったわけだ。）

ところが、いわゆるギャラリー（回廊）という椅子《いす》席で同じ芝居を観《み》ていたのは、シェイクスピアのパトロンだったサザンプトン伯のような貴族で、この伯爵《はくしゃく》などは毎日のように劇場にかよっていたと言われるほどの芝居好きだった。そういう上流階級人にも喜ばれる芝居でなくては本当のドラマではない。万人が楽しめる市民劇をめざしていたシェイクスピアとしては、文学通でもあったこの種の観客をも満足させる必要があった。

そこで彼は牧歌の中で牧歌を諷刺するという意外な戦法を用いたのであり、伝統的な牧歌文学を熟知していた貴族たちも新型のパロディー版パストラル『お気に召すま』を堪能したのである。シェイクスピアが種本を使うにあたって作品の調子をがらりと変えたというのは、まさにこのことを指しているのだ。

『お気に召すまま』という題名自体がこの辺の事情を雄弁に物語っている。この題名はアーデンの森で気ままに日々を送っている人たちのことを指すのだという説もあるが、それよりも、この芝居をありきたりの牧歌と見るか、もっと複雑な作品と解釈するかは読者や観客のお気に召すまま、という意味にとるほうが当っていると私は思う。『お気に召すまま』は、この劇の素材に対するシェイクスピアの複雑な態度を万華鏡《まんげきょう》のようにめまぐるしく写し出しているのだ。

アーデンの森は単なるロマンティックな桃源郷ではない。冬には「氷の牙《きば》のように冷酷に肌を突き刺す真冬の風」が吹きすさぶ苛酷《かこく》な場所となり、食うためとあれば哀れな鹿を殺さねばならず、この動物虐殺《ぎやくさつ》をジェイキスが悲しむ。そしてそのジェイキス自身がタッチストーンにからかわれ、タッチストーンは自分自身をからかう。第一、オードリーというむさくるしい山女との結婚そのものがパストラル・ロマンスに対する諷刺となっている。そして何よりも、オーランドーの恋心をからかうロザリンド。彼女は自分が慕われていることを承知で、自分でも愛している男をからかうのだから話は甚だ反新派調だ。

そこで私たち現代人はこの芝居を上演する際に、諷刺的な面、パロディー的な要素だけを強調しようとする弊につい陥ってしまうのではないか。私が観た『お気に召すまま』の上演は日本人劇団による公演だったが、そのときには、アーデンの森を象徴すべき舞台装置からして全くロマンティックでなく、役者の演技もおふざけの度が過ぎて、アーデンの森の魔力が少しも感じられなかったのを憶《おぼ》えている。この芝居の上演で何よりも大事なのはバランス感覚なのだとつくづく思った。シェイクスピア時代の演出がそうであったにちがいないように、現代でもこの〝模様芝居《パターーン・プレイ》〟はまっとうなロマンスとロマンス諷刺という二面を矛盾なく両立させる微妙な演出によってのみその真髄をあらわすのであろう。

おそらく、この微妙なバランスを保たせる上で最大の鍵《かぎ》を握っているのはヒロインのロザリンドなのだ。『空騒ぎ』で初めて英文学史上に登場した「頭を使うことを楽しむ女性」ベアトリスに次ぐ二番目の頭脳派女性がロザリンドであり、ベアトリスがヴィクトリア女王時代の啓蒙《けいもう》された近代女性の先駆であるのに対し、ロザリンドはまさに現代の冒険精神旺盛《おうせい》なギャラント・ガールを先取りしている、とドーヴァー・ウィルソンは書いているが、そういう元気溌溂《はつらつ》とした頭脳明晰《めいせき》な人情家の女性ロザリンドが適切な〝司会者〟ぶりを発揮できるか否《いな》かに『お気に召すまま』の上演の成否がかかっているのではあるまいか。

批評家バートランド・エヴァンズは、『ヴェニスの商人』の立役者ポーシャよりも『あらし』のプロスペローに近い〝支配力〟をロザリンドは揮《ふる》っていると評したが、そういう力と聡明《そうめい》な女性の魅力とを兼ね備えたこのロザリンドをシェイクスピアが創造したのが、いわゆる喜劇時代も終りにさしかかって悲劇時代に入ろうとしていた時期であったことは意味深長である。シェイクスピアの幸福な喜劇は、『お気に召すまま』とそのすぐあとに書かれた『十二夜』をもって終る。

（一九八一年六月、英文学者）

シェイクスピア
中野好夫訳
ロミオとジュリエット

仇敵同士の家に生れたロミオとジュリエット。その運命的な出会いと、永遠の愛を誓いあったのも束の間に迎えた不幸な結末。恋愛悲劇。

シェイクスピア
福田恆存訳
オセロー

イアーゴーの奸計によって、嫉妬のあまり妻を殺した武将オセローの残酷な宿命を、鋭い警句に富むせりふで描く四大悲劇中の傑作。

シェイクスピア
福田恆存訳
ハムレット

シェイクスピア悲劇の最高傑作。父王の亡霊からその死の真相を聞いたハムレットが、深い懐疑に囚われながら遂に復讐をとげる物語。

シェイクスピア
福田恆存訳
ヴェニスの商人

胸の肉一ポンドを担保に、高利貸しシャイロックから友人のための借金をしたアントニオ。美しい水の都にくりひろげられる名作喜劇。

シェイクスピア
福田恆存訳
リア王

純真な末娘より、二人の姉娘の甘言を信じ、すべての権力と財産を引渡したリア王は、やがて裏切られ嵐の荒野へと放逐される……。

シェイクスピア
福田恆存訳
ジュリアス・シーザー

政治の理想に忠実であろうと、ローマの君主シーザーを刺したブルータス。それを弾劾するアントニーの演説は、ローマを動揺させた。

チェーホフ
神西　清訳
桜の園・三人姉妹
急変していく現実を理解できず、華やかな昔の夢に溺れたまま没落していく貴族の哀愁を描いた「桜の園」。名作「三人姉妹」を併録。

チェーホフ
神西　清訳
かもめ・ワーニャ伯父さん
恋と情事で錯綜した人間関係の織りなす日常のなかに、絶望から人を救うものは忍耐であるというテーマを展開させた「かもめ」等2編。

チェーホフ
小笠原豊樹訳
かわいい女・犬を連れた奥さん
男運に恵まれず何度も夫を変えるが、その度に夫の意見に合わせて生活してゆく女を描いた「かわいい女」など晩年の作品7編を収録。

イプセン
矢崎源九郎訳
人形の家
私は今まで夫の人形にすぎなかった！　独立した人間としての生き方を求めて家を捨てたノラの姿が、多くの女性の感動を呼ぶ名作。

T・ウィリアムズ
小田島雄志訳
欲望という名の電車
ニューオーリアンズの妹夫婦に身を寄せたブランチ。美を求めて現実の前に敗北する女を、粗野で逞しい妹夫婦と対比させて描く名作。

T・ウィリアムズ
小田島雄志訳
ガラスの動物園
不況下のセント・ルイスに暮す家族のあいだに展開される、抒情に満ちた追憶の劇。斬新な手法によって、非常な好評を博した出世作。

ポー
巽孝之訳

黒猫・アッシャー家の崩壊
—ポー短編集I ゴシック編—

昏き魂の静かな叫びを思わせる、ゴシック色、ホラー色の強い名編中の名編を清新な新訳で。表題作の他に「ライジーア」など全六編。

ポー
巽孝之訳

モルグ街の殺人・黄金虫
—ポー短編集II ミステリ編—

名探偵、密室、暗号解読——。推理小説の祖と呼ばれ、多くのジャンルを開拓した不遇の天才作家の代表作六編を鮮やかな新訳で。

阿部保訳

ポー詩集

十九世紀の暗い広漠としたアメリカ文化の中で、特異な光を放つポーの詩作から、悲哀と憂愁と幻想にいろどられた代表作を収録する。

マーク・トウェイン
柴田元幸訳

トム・ソーヤーの冒険

海賊ごっこに幽霊屋敷探検、毎日が冒険のトムはある夜墓場で殺人事件を目撃してしまい——少年文学の永遠の名作を名翻訳家が新訳。

マーク・トウェイン
村岡花子訳

ハックルベリイ・フィンの冒険

トムとハックは盗賊の金貨を発見して大金持になったが、彼らの悪童ぶりはいっそう激しく冒険また冒険。アメリカ文学の最高傑作。

マーク・トウェイン
柴田元幸訳

ジム・スマイリーの跳び蛙
—マーク・トウェイン傑作選—

現代アメリカ文学の父であり、ユーモア溢れる冒険児だったマーク・トウェインの短編小説とエッセイを、柴田元幸が厳選して新訳！

スティーヴンソン
田口俊樹訳
ジキルとハイド
高名な紳士ジキルと醜悪な小男ハイド。人間の心に潜む善と悪の葛藤を描き、二重人格の代名詞として今なお名高い怪奇小説の傑作。

スティーヴンソン
鈴木　恵　訳
宝　島
謎めいた地図を手に、われらがヒスパニオーラ号で宝島へ。激しい銃撃戦や恐怖の単独行、手に汗握る不朽の冒険物語、待望の新訳。

C・ブロンテ
大久保康雄訳
ジェーン・エア（上・下）
貧民学校で教育を受けた女家庭教師と、狂女を妻にもつ主人との波瀾に富んだ恋愛を描き、社会的常識に痛烈な憤りをぶつける長編小説。

E・ブロンテ
鴻巣友季子訳
嵐が丘
狂恋と復讐、天使と悪鬼――寒風吹きすさぶ荒野を舞台に繰り広げられる、恋愛小説の恐るべき極北。新訳による〝新世紀決定版〟。

ジョイス
柳瀬尚紀訳
ダブリナーズ
20世紀を代表する作家がダブリンに住む人々を描いた15編。『フィネガンズ・ウェイク』の訳者による画期的新訳。『ダブリン市民』改題。

ナボコフ
若島　正　訳
ロリータ
中年男の少女への倒錯した恋を描く誤解多き問題作にして世界文学の最高傑作が、滑稽でありながら哀切な新訳で登場。詳細な注釈付。

新潮文庫最新刊

綿矢りさ著
あのころなにしてた？
仕事の事、家族の事、世界の事。2020年めまぐるしい日々のなか綴られた著者初の日記エッセイ。直筆カラー挿絵など34点を収録。

B・ブライソン
桐谷知未訳
人体大全
—なぜ生まれ、死ぬその日まで無意識に動き続けられるのか—
医療の最前線を取材し、7000秄個の原子の塊が2キロの遺骨となって終わるまでのすべてを描き尽くした大ヒット医学エンタメ。

花房観音著
京《みやこ》に鬼の棲む里ありて
美しい男妾に心揺らぐ〝鬼の子孫〟の娘、女と花の香りに眩む修行僧、陰陽師に罪を隠す水守の当主……欲と生を描く京都時代短編集。

真梨幸子著
極限団地
—一九六一　東京ハウス—
築六十年の団地で昭和の生活を体験する二組の家族。痛快なリアリティショー収録のはずが、失踪者が出て……。震撼の長編ミステリ。

幸田文著
雀の手帖
多忙な執筆の日々を送っていた幸田文が、何気ない暮らしに丁寧に心を寄せて綴った名随筆。世代を超えて愛読されるロングセラー。

ガルシア=マルケス
鼓直訳
百年の孤独
蜃気楼の村マコンドを開墾して生きる孤独な一族、その百年の物語。四十六言語に翻訳され、二十世紀文学を塗り替えた著者の最高傑作。

Title : AS YOU LIKE IT
Author : William Shakespeare

お気《き》に召《め》すまま

新潮文庫　シ－1－12

昭和五十六年七月二十五日　発行
平成十六年九月十五日　三十五刷改版
令和六年十月十五日　四十四刷

訳者　福《ふく》田《だ》恆《つね》存《あり》

発行者　佐藤隆信

発行所　株式会社 新潮社
郵便番号　一六二―八七一一
東京都新宿区矢来町七一
電話 編集部(〇三)三二六六―五四四〇
読者係(〇三)三二六六―五一一一
https://www.shinchosha.co.jp

価格はカバーに表示してあります。

乱丁・落丁本は、ご面倒ですが小社読者係宛ご送付ください。送料小社負担にてお取替えいたします。

印刷・東洋印刷株式会社　製本・株式会社大進堂

ISBN978-4-10-202012-8 C0197